中华先锋人物
故事汇

王　蒙

青春万岁

WANG MENG
QINGCHUN WANSUI

李东华　著

党建读物出版社　　接力出版社

图书在版编目（CIP）数据

王蒙：青春万岁/李东华著.—南宁：接力出版社；北京：党建读物出版社，2024.3

（中华人物故事汇.中华先锋人物故事汇）

ISBN 978-7-5448-8417-4

Ⅰ.①王… Ⅱ.①李… Ⅲ.①传记小说-中国-当代 Ⅳ.①I247.5

中国国家版本馆CIP数据核字(2023)第255591号

王蒙——青春万岁

李东华 著

责任编辑：高 楠 马 婕 陈 楠
文字编辑：曹若飞
责任校对：王 蒙 刘会乔
装帧设计：严 冬 美术编辑：高春雷
出版发行：党建读物出版社 接力出版社
地　　址：北京市西城区西长安街80号东楼（邮编：100815）
　　　　　广西南宁市园湖南路9号（邮编：530022）
网　　址：http://www.djcb71.com http://www.jielibj.com
电　　话：010-65547970/7621
经　　销：新华书店
印　　刷：北京科信印刷有限公司
2024年3月第1版　2024年3月第1次印刷
787毫米×1092毫米　32开本　4.75印张　68千字
印数：00 001—10 000册　定价：25.00元

版权所有 侵权必究

质量服务承诺：如发现缺页、错页、倒装等印装质量问题，可直接联系本社调换。
服务电话：010-65545440

目录

写给小读者的话 · · · · · · · · · · · · · 1

起名 · 1

家人 · 5

童年 · 11

小书迷 · · · · · · · · · · · · · · · · · · · 19

师恩难忘 · · · · · · · · · · · · · · · · · 27

进步少年 · · · · · · · · · · · · · · · · · 33

勇气与誓言 · · · · · · · · · · · · · · · 39

身披彩绸，打着腰鼓，
　　参加开国大典 · · · · · · · · · 47

《青春万岁》 · · · · · · · · · · · · · · 53

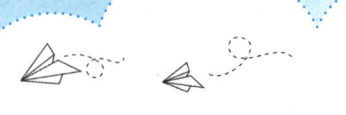

到边疆去 · · · · · · · · · · · · · 61

燕子来了巴彦岱 · · · · · · · · · 69

维吾尔语"博士后" · · · · · · 75

真正的农民 · · · · · · · · · · · 81

四十岁发愤创作 · · · · · · · · · 87

重返文坛 · · · · · · · · · · · · · 91

创作"井喷期" · · · · · · · · · 97

白鸥海客 · · · · · · · · · · · · 103

创作根植于爱 · · · · · · · · · 111

永远探索,永远年轻 · · · · · · · 117

《这边风景》 · · · · · · · · · 123

人民艺术家 · · · · · · · · · · 131

写给小读者的话

小朋友们,提到八十九岁的老人,你们会想到什么呢?老态龙钟?弯腰驼背?手拄拐杖?语速迟缓?通常是这样的,但八十九岁的著名作家王蒙先生却是个例外。

二〇二三年三月二十一日上午,正是莺飞草长的春分节气,王蒙先生来到鲁迅文学院,给年轻作家们开讲"春天一堂课",传授创作经验。这也是一堂网络直播课,无数观众在"云端"聆听了讲座。授课时,他神采奕奕,思维敏捷,风趣生动的话语引得听众笑声不断,有人幽默地称他为"高龄少年"。

讲到动情处,王蒙先生说了一句:"我爱生活胜过了爱我自己。"的确,回拨岁月的时针,我们会发现无论生活是晴空灿烂还是风雨交加,无论身处巅峰还是低谷,"热爱生活"四个大字一直是他人生中不褪色的醒目标识。

对生活的热爱让王蒙先生一直保持对世界的好奇心和探索欲。授课时,他谈到了文学与想象力的关系,说自己最近看了科幻小说《三体》,并坦率承认里面有些知识不大容易看懂。

"我原来自以为我是很热爱科学的,是受了五四新文化运动的影响。但是我读《三体》够费劲的,发现我原有的知识远远不够,这给了我一个很大的启发。"说到这里,他的表情、眼神、语调和手势,流露出一种只有初学写作者才会有的跃跃欲试的激情,"就是要敢想象。"

话音未落,台下响起热烈的掌声,网络直播的屏幕上也飞过一行行"致敬""老而好学让人敬佩"的弹幕。

如果我们更深入地了解"王蒙"这个名字所包

含的成就与荣誉，就能更深刻地体悟他"活到老，学到老"的精神和不耻下问的品格。我们不妨从下面这些神奇的数字一览他丰富的人生画卷——

一九四八年，未满十四岁的他加入中国共产党，成为一名"少年布尔什维克"；十九岁时开始创作长篇小说《青春万岁》；二十一岁发表引起巨大反响的短篇小说《组织部新来的青年人》；二十九岁时他从北京远赴新疆，在这片热土上挥洒青春与汗水十六年，其间以新疆多民族人民的真实生活为素材，创作了长篇小说《这边风景》，在他八十一岁那年，《这边风景》荣获第九届茅盾文学奖；二十世纪七十年代末，他从新疆回到北京后，爆发式地创作了《春之声》《活动变人形》等一系列震动文坛的作品。他笔耕不辍七十载，发表的作品超过两千五百万字，至今仍文思泉涌，创造力旺盛。二〇二三年，也就是八十九岁之际，他出版了新的中篇小说集《霞满天》。

除了是作家，王蒙先生还曾担任中共中央委

员、文化部部长、全国政协常委、《人民文学》主编、中央文史研究馆馆员……二〇一九年九月,他还被授予"人民艺术家"国家荣誉称号。

作为德高望重的文学大家,王蒙先生不畏艰难,始终保持着爱生活、爱学习、爱人民的初心。前些年他在接受采访时曾说:"我有光明的底色,面对困难不绝望。"这或许也是他"踏遍青山人未老"的生命密码。

现在,让我们一起来分享王蒙先生闪亮的、色彩斑斓的人生故事吧。

起名

一九三四年十月十五日，甲戌年农历九月初八，一个平平常常的日子。夕阳西下，晚霞满天，一名男婴在北平（今北京市）沙滩地区呱呱坠地，他就是日后成为著名作家的王蒙。

王蒙降生的年代，正是中国山河破碎、民不聊生的年代。自九一八事变后，日寇的铁蹄肆意践踏中华大地，军阀混战连年不断，水灾、旱灾等自然灾害层出不穷，哀鸿遍野，生灵涂炭，千千万万的中国民众挣扎在死亡线上。在国家内忧外患、民族生死存亡之际，无数仁人志士为救国于危难、救民于水火而抛头颅，洒热血。就是在王蒙先生出生的一九三四年十月，为坚持抗日救国，粉碎国民党军队的围追堵截，中国共产党领导中国工农红军，从中央苏区出发，踏上了战略大转移的征途，开始了艰苦卓绝的、震惊世界的二万五千里长征。

王蒙出生于书香门第，祖籍河北省沧州市南皮县潞灌乡龙堂村。王蒙的爷爷王章峰家住河北沧州，参加过清朝末年康有为、梁启超发起的"公车上书"，组织过"天足会"，提倡妇女不要缠脚，是当时的革新派。王蒙的姥爷也是河北沧州人，当过学校校医，家境小康。正因为祖辈的思想和见识都说得上是新派，所以他的父辈才能在家庭的支持下，走出当时闭塞落后的乡村，到北平接受良好的教育，并从此居留于此，这在二十世纪初的中国是相当难得的。

时世艰难，一个小生命的到来使王家人感到无比喜悦。给孩子起个什么名字呢？这可是件大事，要知道中国自古以来就重视给孩子起名。俗话说"赐子千金，不如教子一艺；教子一艺，不如赐子好名"，孩子的名字往往寄托着长辈们美好的期盼。面对着襁褓中粉雕玉琢的儿子，爸爸王锦第兴冲冲地跑回宿舍——那时他还是北京大学哲学系的一名学生——让他的舍友何其芳帮忙给儿子起名。

"何其芳"这个名字听起来是不是有点耳熟？他是我国著名的现代诗人、散文家、文学评论家，他的诗歌《我为少男少女们歌唱》广为流传，还被收入了语文课本，滋养了一代又一代中国孩子的心灵。

那个时候，还是年轻学子的何其芳，正在研究法国文学，他十分喜欢小仲马的长篇小说《茶花女》，《茶花女》里的男主人公叫阿尔芒，有时也被翻译成"阿蒙"。

何其芳脱口而出："给你儿子取名叫'王阿蒙'吧。"

爸爸听后连连说好，只是觉得南方人给孩子起名爱用"阿"字，而自己是北方人，于是去掉"阿"，变成了"王蒙"。

有趣的是，何其芳的成名作是一首叫《预言》的诗，这首诗是他十九岁时创作的。当时他肯定想不到，自己"预言"了这个叫王蒙的男孩将和文学结下不解之缘。还有一个巧合，王蒙也是在十九岁时创作了自己的第一部长篇小说《青春万岁》。

家人

王蒙小时候的家是相当热闹的，姥姥董于氏、姨妈董芝兰（后改名董效）都住在他们家里，再加上爸爸王锦第、妈妈董玉兰（后改名董敏），家里一共有四个长辈。此外还有姐姐王洒、妹妹王鸣和弟弟王知。

家中的四个大人都非常宠爱王蒙，十分重视他的启蒙教育。妈妈上过学，在北平读过一年大学预科，这在那一代女性中比较罕见。结婚生子以后，她也像当时千千万万的传统女性一样，做起了相夫教子的家庭主妇，把孩子们照顾得无微不至。

姨妈十九岁守寡，从此没有再嫁。姨妈的性情有些古怪，但她爱读书，有才华，能背诵很多古典诗词，毛笔字写得也很不错。姨妈对王蒙呵护备至，也可以说是他的第一位文学启蒙老师。她常常给王蒙读唐诗，辅导他写文章。

幼时的王蒙特别喜欢下雨，尤其喜欢盛夏北平下起的大雨。有一次下雨时，院子里积了很多水，姨妈给王蒙出了一个谜语："似水晶，非琉璃，又非玻璃，霎时间了无形迹。"聪明伶俐的王蒙通过对水面的观察，很快就猜出了谜底——积水之上冒出的一个又一个半圆形的雨泡儿。姨妈不但引导王蒙观察生活，还教他学会用"潺潺的流水""满天的繁星"等好词佳句准确地描绘自己看到的景物。在姨妈的教导下，王蒙的文章越写越好，得到老师的夸奖也越来越多，他的本子上常常画满了表扬他写得好的红圈。

姥姥则常常带着王蒙去逛他们家旁边的白塔寺、护国寺庙会。那些大声吆喝着卖布头儿的人、卖红绒花的人、卖空竹的人、卖糖葫芦的人，还有拎着大茶壶沏油茶和茶汤的人、唱戏的人……共同组成了热闹的庙会场景，这些给幼时的王蒙带来了无尽的欢乐。那些吆喝声中蕴含的旋律、节奏、腔调，还让王蒙对音乐萌生了最初的兴味。

爸爸从北大毕业后又前往日本东京帝国大学留学，回国后曾任北平市市立高级商业职业学校校长。新中国成立后，他来到北京大学任教。作为父亲，他对自己孩子的爱是不容置疑的。他所受的教育让他有着高于一般人的眼界，他的一些生活习惯在当时的人们看来很"洋派"。比如，他经常教导孩子们要勤洗澡、多运动，尤其鼓励他们学游泳，写作和游泳成了王蒙一生的最爱。

糟糕的是，爸爸虽然很会读书，却不太擅长处理实际事务，家里的经济状况时好时坏，因此王蒙在童年享受过宽裕生活，也忍受过吃了上顿没下顿的煎熬。王蒙记得，到了吃晚饭的时候，他不止一次看见妈妈、姥姥和姨妈坐在一起发愁，家里又没米、没面、没钱了，怎么办呢？三个人就找出一块手表、一件棉袄或者一顶呢帽，到当铺当掉，或者干脆卖掉，买两斤含绿豆粉的混合杂面，先混过这顿饭再说。

困窘之中，爸爸还是尽自己所能地呵护着王蒙。五岁的一天，爸爸带着王蒙去看牙，等公共汽车的时候，爸爸突然说："等一下，我去取点钱。"王蒙记得爸爸去的时候是戴着一顶礼帽的，可是他回来的时候，头上的帽子不见了。王蒙问爸爸帽子到哪里去了，爸爸像是没有听见他的话，只拍拍他的小脑袋，笑着说："走，看牙去。"

后来的一天，王蒙和妈妈偶尔路过上次等公共汽车的地方，王蒙指着爸爸取钱的地方，开心地喊起来："这是爸爸取钱的地方！这是爸爸取钱的地方！"妈妈抬头看了一眼，脸一下子红了，压低声音让王蒙不许再喊。王蒙上学后识字了，又经过那里，他发现招牌上写的是"永存当"。原来爸爸把自己的帽子拿到当铺当掉，换来了给他看牙的钱。

在手头并不宽裕的情况下，爸爸还给王蒙买过商务印书馆出的白雪公主与七个小矮人的玩偶和"活动变人形"[①]。"活动变人形"在当时是个相当新奇的玩具，尽管王蒙谈不上多喜欢，但对它印象深刻。四十多年后的一九八七年，已经是著名作家的

---

① 活动变人形，一种日本的玩具读物，像一本书，里面画的人的头部、上身、下身三部分，都可以独立翻动，排列组合成不同的人物图案。——本书脚注若无特殊说明，均为编者注

王蒙直接用这个玩具的名字来命名自己的作品，出版了长篇小说《活动变人形》。

王蒙的妈妈和姨妈都是深受五四新文化运动影响的"新女性"，既熟读唐诗宋词，同时也喜欢冰心、庐隐、巴金、鲁迅。她们一脚留在由封建家庭构成的旧世界，一脚迈进新世界的门槛，既渴望像话剧中的人物娜拉①那样逃离令人窒息的家庭，独立自主地活着，同时又深陷在日常生活的鸡毛蒜皮中，遵循着"男主外女主内"的传统家庭观念。

这样的成长环境让年幼的王蒙感到很矛盾——长辈们的呵护让他觉得温暖、快乐；家里经济状况时好时坏，长辈间相互争执，让他觉得孤独、压抑。在这样的家庭氛围中，他成长为一个既开朗、善良，又敏感、多思的男孩，性格上既有和同龄孩子一样单纯活泼的一面，又有和年龄不相称的成熟机智。

---

① 娜拉是挪威戏剧家易卜生创作的戏剧《玩偶之家》中的女主人公，她为救治丈夫海尔茂的病，瞒着丈夫模仿她父亲的签字向人借钱。海尔茂发觉后，害怕这种触犯法律的行为损害自己的名誉地位，竟斥责妻子下贱无耻，娜拉看清了丈夫的卑鄙自私和自己被视为玩物的屈辱处境，毅然离家出走。

童年

　　王蒙上小学时还不满六岁,他就读的是北平市立报子胡同(现西四北三条)实验小学校(现北京师范大学京师附小)。虽然年龄小,但他的学习成绩一直非常优秀,除了一年级时考过班级第三名,以后都是第一名,老师们都很喜欢这个小机灵鬼儿。

　　王蒙上二年级时,有一天,先农坛举行了全市中小学生运动会,老师特地带王蒙去参加了运动会的开幕式。开幕式结束后,老师带王蒙坐有轨电车回家,站台上等车的人太多,王蒙被挤得脚不沾地,还和老师走散了。慌乱中,有轨电车开来了,王蒙听到电车售票员大喊着"四牌楼,四牌楼",

他就赶紧上了车。其实他家住的是西四牌楼（现名西四），而这辆电车去的却是东四牌楼，一直坐到终点站北新桥，他也没有看到熟悉的街道和建筑。这个时候，他意识到自己坐错车了。那时是初冬，寒风刺骨，下车后的王蒙茫然地站在街头，又饿又累又冷。不一会儿，他有了主意，果断地叫了一辆洋车（双轮人力车），向车夫报出了自己家的详细地址。车夫很善良，让他上了车，还为他放下棉帘保暖。过了大约有一个小时，王蒙终于从棉帘的缝隙里看到了他们家的大门，夜色中，妈妈正焦急地站在家门口。看到儿子回来了，她赶紧上前问明情况，付了车费。王蒙一路上都担心妈妈会生气，但是妈妈没有批评他，还夸他应变能力强。

三年级的时候，王蒙第一次参加学校里的演讲比赛，主题是"怎样做一个好孩子"。他走上台去往下一看，哎呀，底下那么多的脑袋，那么多的黑头发和黑眼珠，心脏一下子加速跳起来，呼吸也急促了，腿也发软了。不好！王蒙暗暗想道，成败在此一举，我必须控制住自己，不能慌里慌张。怎么办呢？我的声音一定要大，这样就不会因为发慌而

像蚊子嗡嗡似的讲话了。想到这里，他使劲吸了一口气，用无比洪亮的声音开始演讲。他一下就不慌了，顺利地完成了比赛。从此以后，他在公共场合讲话再也不怯场了。

也是在三年级的时候，有一次，级任老师（现称班主任）佟老师把王蒙叫到她家里去，让他把一学期的作业全部重新抄写一遍，说是教育局要给全市若干优秀学生发奖学金，学校想上报王蒙的作业参评。王蒙一听有奖学金，非常开心，因为那时候他家里相当缺钱，妈妈一天到晚为一家老小的生活操劳，小小年纪的王蒙这时就已经懂得为妈妈分忧了。他抄写得非常认真，作业报上去之后，他一直盼啊盼啊。过了很多天，参评结果终于出来了，王蒙没有获得奖学金。他当然很失望，很伤心，不过，他从此明白了一个道理：即使是好学生也不可能事事顺心，生活中有成功也有失败，这才是常理。

当然，小王蒙也有调皮捣蛋的时候。一天下午，班上一位同学在上课之前抓到了一只小鸟，不知道怎么办好，王蒙兴冲冲地拿过来，放进了自己的桌斗里。上课的时候，学生们需要拿出课本与作业本，他刚掀开桌盖，小鸟嗖的一声从他的桌斗里飞了出来。全班同学哄堂大笑，老师很生气，让他站起来，狠狠地批评了他。

王蒙的兴趣广泛。他的姐姐王洒只比他大一岁半，小时候他是姐姐的"跟屁虫"。夏天的晚上，他们一起在院子里或者胡同口乘凉，萤火虫款款飞过，姐姐会带着他背诵杜牧的诗句："银烛秋光冷画屏，轻罗小扇扑流萤。天阶夜色凉如水，坐看牵牛织女星。"

姐姐和她的同学一起玩游戏时，王蒙起先也会跟着她们一起玩。跳房子，踢毽子，用丝线捆香包，跳绳，他都学会了。后来，女孩子们说："你是男孩，我们不跟你玩。"王蒙想，不玩就不玩！他很快就有了自己的计划——制造一台电影放映机。那时他从书中知道了电影的原理，于是自己动手画出图画，再装订成册，然后迅速翻动册子，以取得看电影的视觉效果。

王蒙从小热爱大自然。放学后，他喜欢和同学们一起从阜成门出城去玩。那是抗日战争时期，城门洞里有站岗的日本兵，他们的步枪上插着刺刀，过往的中国老百姓必须给他们鞠躬，屈辱感在王蒙的心里油然而生，抵抗的种子在他幼小的心灵深处生根发芽。

出了城门，迎接孩子们的是茂密的树林、花草、庄稼、河沟，空气中弥漫着植物散发的清香。高高的杨树，到秋天时叶子会变黄，还会发出一种类似酸梨的气味。踏着落叶在林中徜徉，王蒙想：如果没有侵略者，家乡的美景是多么令人沉醉啊。

王蒙还很喜欢小动物。他在夏天时养蝈蝈，用细秫秸编成蝈蝈笼，给蝈蝈喂黄瓜、西瓜皮和南瓜花朵。王蒙还养过蚕，小小的他爬到桑树上，采下好桑叶，洗净擦干，喂给蚕吃。在王蒙的记忆中，蚕吃桑叶吃得特别欢实，他喜欢看着那些蚂蚁状的小虫变白，经过一次又一次蜕变，终于变得透明肥绿，开始吐丝，后来又变成蛹，变成蛾子，破茧而出。

雨后的蜻蜓，黑夜里起飞的萤火虫，秋天的蟋蟀，夜空的月亮、星星，林中的落叶，湖中的荷花……王蒙小时候喜欢凝视他遇到的万事万物，然后琢磨脑海中涌现出的数也数不清的问号：为什么天空中会有月亮、星星、白云？为什么会有白天和黑夜？为什么我没有生在唐朝？为什么我不是女孩？如果我是一只猫、一只蚂蚁、一条虫子会怎么样呢？

王蒙带着一肚子的问题去问姐姐，问爸爸、妈妈，问姨妈、姥姥，问老师、同学……有一些他们解答得了，有一些他们也不知道怎么回答。王蒙开始找各种各样的书来读，他发现，书才是最好的老师——它从不开口说话，却什么都能告诉他。

小书迷

王蒙从小就是个小书迷。

一九四一年,他上小学二年级时看了一本《小学生模范作文选》,这是他读到的第一本书。书中第一篇文章的题目是《月亮》,《月亮》的第一行字是"皎洁的月儿在天边升起"。"皎洁"两个字突然触动了他。哎呀,他想,月亮是常常能看到的,自己也觉得它又白又亮很好看,可是自己想到的那些形容词都没有"皎洁"这个词美妙。从此,王蒙爱上了读书。

尽管生活艰难,家人还是给王蒙买了很多适合孩子阅读的童话书、故事书。《稻草人》《快乐王子》《木偶奇遇记》《爱的教育》《安徒生童话集》

《格林童话集》等儿童读物家里全都有。

王蒙读起书来特别投入，读叶圣陶的童话《稻草人》，他已经能隐隐感受到书中对社会不公的不满；读童话《木偶奇遇记》时，读到匹诺曹的腿被烧掉的情节，他默默流下了同情的泪水；王尔德的童话《快乐王子》里善良的燕子和富有同情心的王子，都深深地吸引了他。

安徒生童话《卖火柴的小女孩》最吸引王蒙，那个冻死在街头的小女孩的形象总是在他的脑海里挥之不去。一个冬日中午，天空格外晴朗，没有风，太阳暖暖照着，给人一种小阳春的错觉。大人们睡午觉去了，王蒙睡不着，他坐在窗下的台阶上，只有一只慵懒的老猫陪着他。阳光静静地洒在他的身上，洒在猫的身上，他望着在树枝间飞来飞去、叽叽喳喳的麻雀，抚摸了一下打盹儿的老猫，心想：要是我俩都能有一对翅膀就好了！那样的话，我俩就能飞呀飞呀，飞到那个遥远的国家，飞到卖火柴的小女孩身边……

王蒙如饥似渴地阅读，家里的书很快就被他读了个遍。于是从九岁起，他就开始独自一人到离家不远的民众教育馆借书看。想象一下当时民众教育馆阅览室的情形：在一群安静读书的大人中，有那么一个个头儿小小的、脑袋大大的男孩，他手捧一本厚厚的和他的身高完全不成比例的大书，读得津津有味，如醉如痴。

如果你走过去翻看一下他读的书，肯定会惊讶地叫起来，这本书可能是法国大作家雨果的名作《悲惨世界》，也可能是鲁迅、冰心、巴金、老舍、曹禺等作家的作品，更有可能是《大学》《孝经》《唐诗三百首》《苏辛词》等古典名著。有趣的是，这个小男孩无书不读，可以说是杂学旁收。他在这里还读过《崆峒剑侠传》《峨眉剑侠传》《大宋八义》《小五义》等章回小说，甚至读过很多关于健身和练功的书，其中让他最为受益的是《绘图八段锦详解》，"左右开弓似射雕""摇头摆尾去心火"……所有八段锦招式他都一一学会了。

王蒙常常是最后一个离开阅览室的人。深冬，窗外北风呼呼地刮着，天已经完全黑了，阅览室里除了王蒙，只剩下两位工作人员，一位是慈眉善目的老爷爷，一位是热情爽朗的中年阿姨。虽然已经过了下班时间,但是看到王蒙读得那么专注,两位工作人员都不忍心催促他。

无奈的是,阅览室铁炉子里的煤每天都是限量供应的,每到天黑,煤就会烧完。火熄了,灰冷了,房间里的温度直线下降。有一天,冻得直打哆嗦的中年阿姨蹑手蹑脚地走过来,轻轻拍了拍王蒙的肩膀,对他说:"小朋友,你饿不饿?冷不冷?该回家了,明天再来接着读吧。"那时的王蒙正手捧《悲惨世界》,深深地沉浸在雨果笔下那个深邃的世界中,忘掉了时间,忘掉了周围的一切,甚至手脚冻僵了都没有感觉到。"我能再读一会儿吗,阿姨?"他用乞求的眼神望着工作人员,"正读到最精彩的部分……"这时候,那位老爷爷也笑呵呵地走过来,两个人异口同声说道:"读吧读吧,我们等着你。"王蒙又抓紧时间读了十来页,虽然还是爱不释手,但是想到老爷爷和阿姨因为自己的"贪读",不能按时下班,还要挨饿受冻,他就感到特别内疚,怀着一种既恋恋不舍又不好意思的心情,合上了书。

读到这里,你也许会有这样的疑问:连大人都

小书迷　23

不一定能读懂的书，王蒙那时候还是个孩子，他能读懂吗？很多年以后，王蒙说了这样的话，或许能够回应这个疑问。他说：

我主张读一点费点劲的书，读一点你还有点不太习惯的书，读一点需要你查查资料、请教请教他人、与师长朋友讨论切磋的书。除了有趣的书，还要读一点严肃的书……

读书需趁早。这里面有两个意思：第一，趁着童年、少年的这段时期，多读书。时至今日，很多的书，我都是儿童时期阅读的，无论是《唐诗三百首》《千家诗》，还是《道德经》《庄子》等……第二，要"加码"读书，要"超前"读书。这个说法可能和某些人所提倡的循序渐进不完全一样。因为，我在特别年轻的时候，甚至是后来，都有一个习惯，即若这本书我能懂30%—40%的话，就一定要去读。在阅读的过程中，直到读完了以后，大概就能懂50%或60%了。如果我已经有这样的理解程度了，待回头再来翻翻的话，差不多80%至90%，甚至于100%都能读懂了。可以说，许多书我都是这么读过来的,如《大学》:"大学之道,在明明德,在亲民,在止于至善。知止而后有定,定而后能静,静而后能安,安而后能虑,虑而后能得……"像这些东西,我当时都已经能背诵下来了,可并不太懂,但我也先把它们背下来再说。

读书需趁早,王蒙是这么说的,也是这么做的。他喜欢"攻读"这个词,轻松愉快、马马虎虎地浏览在他看来是不能代替潜心认真地阅读的。他觉得好书是吹开雾霾的强风,读了这些书,就像是冲浪登上了波峰。

师恩难忘

每个人的成长都离不开老师的培养，能遇到一位好老师实属人生幸事。王蒙上小学二年级的时候，班上新来了一位级任老师，名字叫华霞菱，那时她刚刚从北平师范大学毕业。别看华老师只是个不到二十岁的年轻女孩子，她管理起学生来爱中有严，严中有爱，在学生们心目中可是一位特别敬业的好老师。

华老师特别喜欢王蒙，喜欢到什么程度呢？完全可以用"欣赏"一词来形容。华老师也非常严厉地批评过王蒙，严厉到什么程度呢？几乎可以说是不留情面。

有一天，华老师让大家用"因为"造句。这是学生们第一次学造句，王蒙造了一个特别长的句子，里面有些字他还不会写，是用注音符号拼的。那个句子是："下学以后，看到妹妹正在浇花，我很高兴，因为她从小就勤劳，她不懒惰。"华老师看了这个句子后，非常高兴，给全班同学念了这个句子，当众表扬了王蒙。

前面写到的带着王蒙去先农坛参加全市中小学生运动会的老师，就是华老师。在运动会开始之前，王蒙有点饿了，华老师带着他去了一家糕点铺，给他买了一碗油茶、一块点心。这是王蒙平生第一次"下馆子"，油茶的浓郁香气和点心的软糯甘甜，征服了一个孩子的味蕾，铭刻在他的记忆深处。王蒙在创作《青春万岁》时，忍不住让小说里的人物去品尝了一下糕点铺里油茶的滋味。这与其说是美食的味道让他长久回味，不如说是华老师的爱心让他终生难忘。

但是，王蒙很快就给华老师出了个"难题"。上写字课时，经常有学生忘带毛笔、墨盒或红模子①，使得写字课无法进行。华老师有些恼火，她宣布说，如果再有人不带上述文具来上写字课，就要到教室外面站墙角。

华老师刚宣布完王蒙就犯了规。课前预备铃响过，等他想起这节就是写字课时，再跑回家去取文具已经来不及了。王蒙脸色煞白，坐立不安。这时，华老师走上讲台，问道："都带笔墨纸了吗？没带的同学站起来。"王蒙低着头，心怦怦跳着，一边磨磨蹭蹭地起立，一边偷偷往教室四周瞄了一眼，发现只有他和一个瘦小的女生站了起来，他的脸顿时从白变成了红。

华老师皱起眉头看着他俩，问道："你们说，怎么办？"

王蒙霎时就流出了眼泪。他的姐姐王洒也在这个学校，如果他在教室外面站了墙角，姐姐很快就会报告给父母……他想：天哪，我完了。

全班都沉默着，教室里安静极了，大家都感到了问题的严重性。突然，那个瘦小的女同学说话

---

① 俗称"描红纸"，纸上印有红字，儿童学写毛笔字，可以用笔顺着红字的笔画描写。

了:"我出去站着吧,王蒙就甭去了,他是好学生,从来没犯过错。"

听了这句话,王蒙感到绝处逢生,马上喊道:"同意!"

华老师看了他一眼,摇摇头,叹了口气,厉声说了句:"坐下!"

下课后,华老师把王蒙喊到她的宿舍,一脸严肃地问他:"当那个女同学说她出去站而你不用去的时候,你说了什么?"

王蒙的脸一下子就红了,他感到无地自容,恨不得找条地缝钻进去。备受亲人和老师宠爱的他,头一次接受了品德教育。

还有一次考试时,其中一道试题需要写一个"育"字,王蒙头一天晚上练习过好几遍这个字,临考时却怎么也想不起来了。试卷上其他题目他都会,如果仅仅因为这一个字考不了一百分,王蒙觉得实在太冤枉了。他左思右想都不甘心,最终忍不住偷偷把手伸进书桌,悄悄翻了书,找到了这个字。

王蒙以为无人知晓,发试卷时,他想自己这次保准还是第一名。没想到,华老师没有宣布他的成绩,而是说:"这次考试,本来有一个同学考得很好,但由于一些原因,他的成绩不能算数。"

王蒙的心咯噔一下,他知道华老师说的就是自己,不知不觉额头和手心都冒了汗。果然,华老师再一次把他叫到宿舍,进行了个别谈话。王蒙流泪了,这次是后悔的泪水,他承认了自己的错误。华老师给他的试卷扣了十分,但念他是初犯,为了照顾他的自尊心,也为了给他一个改过自新的机会,华老师没有在班上公开他考试作弊的行为。

一九四二年之后,华老师不再给王蒙所在的班授课,并且在之后和孩子们失去了联系。王蒙一直在寻找华老师,期待重逢的那一天。一九八三年五月,他发表了《华老师,你在哪里》一文,在文章末尾,他深情地呼唤道:"华老师,您能得知我这篇文章的一点信息吗?您现在可好?您还记得我的第一次造句(这是我'写作'的开始呀)吗?您还记得我的两次犯错吗?还有我们一起喝油茶的那个铺子,那是在前门、珠市口一带吧,对不对?我真想念您,真想见您啊!"

这绵长深厚的师生情谊有着动人而圆满的后续故事。一九八八年九月，王蒙与华老师在金色的初秋于北京重逢。华老师还记得当年离开时，小小的王蒙送了她一张自己的四寸全身照片作为纪念，华老师很感动，一直珍藏着这张照片。后来，他们又多次见面。

一直以来，华老师不是通过口头的说教，而是在生活的细节中传达出爱心，这一点被年幼的王蒙敏锐地感受到，并深深地记在了心里。

进步少年

一九四五年,十一岁的王蒙读完五年级后,跳级考入了北平私立平民中学(今北京市第四十一中学)初中。之所以跳级,是因为有一天他从报纸上无意中看到一幅由著名漫画家、作家丰子恺画的漫画,画面中三四个孩子的腿绑在一起走路,走得快的孩子被走得慢的孩子拖得慢慢悠悠,走得慢的孩子被走得快的孩子拽得气喘吁吁。王蒙看后很受启发,他觉得他就是走得快的孩子,怎样才能按照自己的节奏往前走呢?人小主意大的王蒙立刻决定尝试跳级。他的想法得到了家人的支持,成绩一向优异的他不负众望,一考即中。

王蒙可不是死读书的书呆子,聪慧、早熟的

他，不但读书比同龄孩子多得多，对社会、对世事的观察和了解，也不同于同龄孩子，甚至比很多大人都要深刻、透彻。

他升入初中这年的八月十五日，日本天皇通过广播宣布接受《波茨坦公告》，无条件投降。中国人民经过十四年的浴血奋战，终于迎来胜利的曙光。后来，王蒙回忆自己当时的心情，用了"欣喜若狂"一词。但是，他所有对于劫后重生的渴望与期待，都被国民党当局越来越腐朽的统治浇了个透心凉。

细心的王蒙注意到那时候失业的人特别多，他家住的西四小绒线胡同一带，大多数人都没有正经工作。他不止一次听到邻居们乞求老天爷，希望天上能掉下一个装满钱的皮夹子。

老百姓的日子困苦不堪，物价却一路飞涨，涨到不可思议的地步——粮价一两个小时就会变一次，晚上比早上不知道要上涨多少倍。因为钱币一眨眼就形同废纸，你想租房子交房租，房东都不收纸币，而是按照值多少袋面粉来计算，老板雇用工人有时也用袋装面粉发工资。

后来，他在中篇小说《布礼》中这么描述当时的北平留给他的印象："这是一个濒于死亡的城市。古老的历史，悠久的文明，昔日的荣华，留下的只有灰色的虚影。矗立在你眼前的却是大街小巷直到闹市路口上的成山的垃圾。穷人的孩子整天蠕动在垃圾山上，用特制的粗铁丝爪子扒拉着，刨着，寻找还有什么宝贝能被自己捡起——一点没有烧透的煤核，一团菜叶，一把蚕豆皮或者是一堆招惹了无数绿头苍蝇的鱼头。报纸上多次报道过吃了腐坏的鱼头的贫民家庭，全家中毒……"

一桩真实的惨剧就发生在王蒙眼前。一个亲戚家的孩子发了高烧，因为没有钱去医院医治，一家人眼睁睁地看着他死去了。

社会混乱、民生凋敝到这个程度，而王蒙却在国民党当局的一处警务机构看到了这样的标语：养天地之正气，法古今之完人。

活生生的惨剧与空洞虚假的口号形成了强烈对比，早慧的王蒙愤怒、苦闷、迷惘，反抗国民党当局、寻求真理和正义的意识，在他的心里慢慢萌发、鼓胀。就在这个时候，一个关键人物出现了。

一天晚上，爸爸带回家一位特殊的客人，他叫李新，口才卓越，学识非凡，当时在北平军事调处执行部叶剑英将军身边工作，后来成为著名的党史专家。这是王蒙有生以来见到的第一位共产党员。

就在和这位李新叔叔交谈之前，王蒙刚听了国民党北平市某局长的广播讲话，满口的空话套话、陈词滥调，让他烦不胜烦。那天晚上，王蒙又碰巧和姐姐发生了争执，两个人都认为自己有理，谁也不愿意主动认错。李新叔叔特别尊重孩子，而且非常务实，他像对待大人一样耐心聆听了姐弟俩的陈述，还摆事实讲道理，让他俩进行批评和自我批评。多年以后，王蒙用"醍醐灌顶"来形容他听了李新叔叔教导之后的感受。

那天晚上，王蒙还无比信赖地告诉李新叔叔，自己要去参加一个全市中学生演讲比赛，并拿出之前写好的演讲稿让李新叔叔看。一九四六年初，王蒙拿着经李新叔叔指导过的演讲稿，参加了演讲比赛，他在演讲中大声疾呼："看看垃圾堆上拾煤核的小朋友们……民生主义哪里去了？"他的话引来台下一片掌声。他在这次比赛中获得了初中组第三名,这让他在学校里变成了一个小名人,很多同学都知道了他的名字。

虽然只是短暂的相识,李新叔叔对王蒙的一生,却产生了决定性的影响。不久后,王蒙在学校里接触到了中国共产党地下组织成员。那是一位高二学生,比他高四个年级,叫何平。在王蒙眼中,这"是个性情活泼,机灵幽默,(运动)场风极佳的后垒(垒球)手"。很多年后,王蒙还清晰地记得他们第一次见面时的情景:"一天中午我在操场上闲站,等待下午上课。他走过来与我交谈,我由于参加演讲比赛有成也已被许多同学知晓,他问我在读些什么书。"

那个时候,在国民党统治的区域,共产党员只能进行地下活动,不能公开身份,否则就有被国民党当局抓捕杀头的危险。当王蒙回答了一些书名并脱口而出自己倾向于共产党时,其实是冒着很大风险的,因为他说这话的时候,并不知道何平的身份,如果被告发了,他就很可能被抓去坐牢。

幸运的是,王蒙的心里话让何平两眼炯炯发亮,从此,何平成了王蒙和另一位来自昌平农家的学生秦学儒的革命领路人。何平的家变成了他俩的家庭学校。在那里，王蒙如饥似渴地阅读了很多进步书籍：华岗的《社会发展史纲》、艾思奇的《大众哲学》、杜民的《论社会主义革命》、黄炎培的《延安归来》和赵树理的《李有才板话》……这些连成年的革命者读起来都要好好动一番脑筋的书，少年王蒙却甘之如饴。

一年之后，何平中学毕业离校后，王蒙与秦学儒两个"进步关系"（因他们当时并无组织身份）改由职业革命者刘枫（本名黎光）来带领，他当时是中共中央华北局城市工作部学委中学工作委员会委员。

勇气与誓言

一九四八年,王蒙与秦学儒初中毕业,考入了位于地安门的河北省立北平高级中学(简称冀高)。这所中学有着深厚的革命传统,是北平地区党组织建立最早、坚持地下斗争时间最长的中学之一,在一二·九抗日救亡运动[①]中,冀高就是当时京冀中学生参加抗日救亡运动的活动中心。

在冀高就读的很多年轻学子为了民族解放和党的事业,献出了宝贵的青春和生命。一九四八年

[①] 一二·九抗日救亡运动是中国共产党领导的一场大规模学生爱国运动。一九三五年十二月九日,爱国学生在北平举行示威游行,强烈谴责国民党政府自九一八事变以来的妥协退让政策,要求"停止内战,一致抗日"。运动促进了中华民族的觉醒,标志着中国人民抗日救亡运动新高潮的到来。

春，冀高学生自治会举办了师生联欢会，当演出来自解放区的《兄妹开荒》等文艺节目时，国民党潜伏在学生中的特务，打伤了十几位参加联欢会的同学，另有十七位进步学生被国民党当局拘押，学校的共产党地下组织遭到了一定程度的破坏。

但是，血腥镇压扑不灭革命的火种，就如革命者夏明翰一九二八年在《就义诗》中所写的："砍头不要紧，只要主义真。杀了夏明翰，还有后来人。"少年王蒙就是在白色恐怖的阴影下，勇敢地投身革命，成了冀高的新生进步力量。

这一时期，王蒙在北京大学四院礼堂，看了大学生们演出的《黄河大合唱》，知道了诗人光未然和作曲家冼星海，然后看着简谱，学会了冼星海、安娥的歌曲《路是我们开》。在中法大学①的礼堂，他看了苏联对外文化协会放映的电影《列宁在十月》和《列宁在一九一八》。在北大子民图书馆与祖家街的北大工学院六二图书馆，他阅读了大量革命书籍，并且将苏联小说《钢铁是怎样炼成的》中

---

① 一九二〇年初由蔡元培、李石曾、吴敬恒等人利用庚子赔款退款创办于北京，蔡元培任首任校长。

主人公保尔·柯察金的名言"人最宝贵的是生命,生命对于我们来说只有一次。一个人的生命应当这样度过:当他回忆往事的时候,他不因虚度年华而悔恨,不因碌碌无为而羞愧。在临死的时候,他能够说'我的整个生命和全部精力,都献给了世界上最壮丽的事业——为人类的解放而斗争'"当作自己的座右铭。

一直负责带王蒙和秦学儒的刘枫,在王蒙眼中坚毅英俊,完全符合他对中国共产党地下工作者的想象。一九四八年十月十日,神圣的时刻到来了。王蒙和秦学儒在离学校不远的什刹海附近与刘枫秘密见面。在前几天的会面中,刘枫说要介绍他们二人加入中国共产党,并给他俩看了党章,让他俩回去好好想一下。当天他俩再次见到刘枫,立刻声明"已认真考虑过,坚决要做共产党员,把一生献给共产主义事业"。刘枫宣布:"组织上批准王蒙和秦学儒即日起成为中国共产党候补(现在称为预备)党员。"

那一天,王蒙差五天才年满十四岁,他只能以候补者的身份加入中国共产党,这个候补期要一直

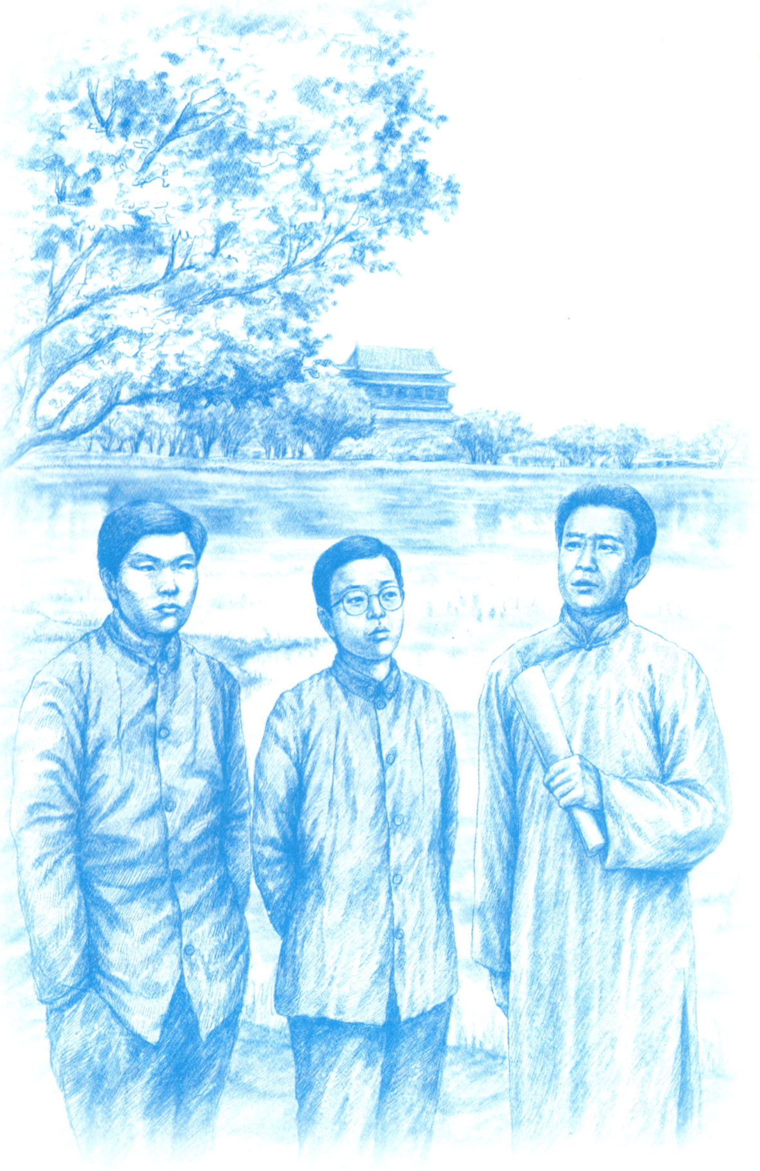

到一九五二年，他年满十八岁时才结束。不过，在小小年纪就得到组织的信任，成为一名光荣的中共候补党员，已经完全超出王蒙的预料，他当时的心情不是一般地激动。

随后，刘枫对他俩进行了气节教育，同时也教他俩怎么运用智慧去战胜敌人——由于形势险恶，要特别注意保存力量，在工作上要细致、认真，要扩大党的思想影响，秘密发展外围组织。

因为北平当时是被国民党占领的，而且国民党当局疯狂镇压一切革命活动，王蒙的一切入党事宜都是秘密进行的，没有宣誓仪式，也没有书面文件。但对于两位怀抱革命激情的少年来说已经足够了，因为他们有一颗赤诚的、鲜红的心，他们要去推翻反动政权，解放苦难中的中国人民，创造共产主义的美好未来。

入党仪式结束了，王蒙亢奋的心情却久久无法平复，他选择步行走回位于西四的家。回家的路不到三公里，墙上到处都是国民党当局贴的白色恐怖标语，王蒙身旁时不时有敞篷汽车驶过，车上的人全副武装，他们就是国民党华北剿"匪"司令部的所谓执法队。那时候的说法是，只要抓住共产党员，这个执法队有权不经审判就地处决。

尽管路途凶险，王蒙一路上还是小声地用颤抖的声音唱着《路是我们开》：

路是我们开哟，树是我们栽哟，
摩天楼是我们亲手造起来哟，造起来哟，
好汉子当大无畏，运着铁腕去
创造新世界哟！
创造新世界哟！

少年王蒙把这首歌当成了自己的入党誓词，在路上唱了一遍又一遍。有谁会相信这个看上去孩子气十足的少年，就是敌人急于搜捕捉拿的共产党员呢？当同龄孩子还在懵懂地玩耍时，王蒙已经是一位少年共产党员，为了自己的信仰，镇定地把生死置之度外。

其实，这段路王蒙之前走过无数次，从家中出发，走太平仓（现在是平安里），经厂桥、东官房到北海后门。只不过从前他是顽童，喜欢在这条线路上游逛。太平仓那边有几家气派的四合院，大门上有用油漆写的对联："忠厚传家久，诗书继世长""物华天宝，人杰地灵""修身如执玉，种德胜遗金""又是一年芳草绿，依然十里杏花红"……这些写在门上的佳句，先于书本进入王蒙的脑海。太平仓胡同里的国槐，北海后门两排叶子哗哗响的杨树，大雨之后齐膝的积水，擦着水面飞过的蜻蜓……为了让这一切美好远离国民党的黑暗统治，照亮更多人的童年，王蒙的童年时光过早地结束了，他选择成为一名为国家和人民而奋斗的革命者。

那一天，歌声伴随着他雀跃又庄重的脚步，轻轻地飘过地安门、北海后门、东官房、厂桥、太平仓、报子胡同。很多年以后，年过八旬的王蒙，耳畔依然清晰地回响着那天的歌声，以及他当时喜欢的很多进步歌曲，比如《青春进行曲》：

我们的青春像烈火样的鲜红，
燃烧在战斗的原野。
我们的青春像海燕样的英勇，

飞跃在暴风雨的天空。

原野里长遍了荆棘,

让我们燃烧得更鲜红。

天空里布满了黑暗,

让我们飞跃得更英勇。

我们要在荆棘中烧出一条大路,

我们要在黑暗中向着黎明猛冲!

身披彩绸，打着腰鼓，参加开国大典

在刘枫的领导下，王蒙、秦学儒和另外一名叫徐宝伦的同学，三名候补党员组成了一个党支部。

入党之后的王蒙，立即投入了积蓄力量、发展新成员、迎接解放、保卫北平的斗争。当时，冀高里潜伏的国民党特务组织张贴传单，辱骂共产党，扬言要消灭共产党员。王蒙和伙伴们就针锋相对地宣传革命，他主办了一个手写的传抄刊物《小周刊》。但是这个刊物刚出了一期，就被校长禁止了。

一九四九年一月，天津解放，北平解放在即，王蒙所在支部接受了保卫北平古城的任务，具体来说就是保护从地安门到鼓楼一带的商店铺面，保护人民的生命和财产安全，不让敌人和各种犯罪分子搞破坏。

与此同时，为了使北平这座世界闻名的文化古城免遭战火，中共中央力争以和平的方式解放北平。一九四九年一月，国民党华北"剿总"总司令傅作义率部起义，北平和平解放。

一九四九年二月三日，解放军举行了盛大的入城仪式，北平市民倾城而出，热烈欢迎威武雄壮的解放军入城，整个北平都沸腾了。在狂欢的人群中，王蒙和伙伴们组织冀高同学扭着秧歌，与北平人民一起尽情抒发对人民军队的崇敬与热爱。

革命迅速发展，急需大量干部、人才，在这种热潮中，王蒙于一九四九年三月中断学业，参加工作，任中国新民主主义青年团北平市筹备委员会中学委员会中心区委员。八月底，他又被分配去中央团校二期学习。

这一年的十月一日，王蒙身披彩绸，打着腰鼓，在天安门广场上与三十万军民一起见证了中华人民共和国开国大典。他在一篇文章中是这样回忆那激动人心的历史时刻的：

1949年给我的第一个记忆，就是"哗啦"一下子，比钱塘江海潮都厉害——全是歌！"解放区的天，是明朗的天，解放区的人民好喜欢……"大量革命歌曲，简直就像浪涛一样，涌进了每个人的生活，成为所有从1949年走来的人们的心中挥之不去的共同记忆。

这当然是激情岁月。而激情岁月里最为光辉灿烂、让人难以忘怀的一件大事，便是开国大典了。那时我只有15岁，是个青年，以中央团校学员、腰鼓队员的身份参加了那场盛大的典礼。

10月1日一早，我和中央团校的其他学员便起床，开始集合、入场。和我们一起进入天安门广场的还有许多支群众队伍，无论是工人、农民、市民，还是学校的师生，大家脸上都洋溢着喜悦的笑容，灿烂耀眼。

下午3时，毛泽东主席在30万人目光的注视下走上了天安门城楼，现场立刻欢声雷动。那时天安门广场有几十个高音喇叭，毛主席的声音便经由那些喇叭传递到广场四面八方、各个角落。那时广场上的我，听到的声音是接踵而来的一串，就像一台大规模的轮唱。我们都聚精会神地，用自己的全部器官和心智、头脑和感觉倾听了毛主席的宣告：中华人民共和国中央人民政府今天成立了！那一刻，所有人的激情都被点燃。

随后，阅兵式开始。看到那么多火炮、骑兵队伍与军容严整的步兵方队，我的心中充满了无限的光荣，无限的自信，无限的骄傲与自豪。

不久，我们的腰鼓队也"登场"了，队员们身披一身彩绸，很是喜庆，鼓槌上拴着的红红绿绿的绸条也吉祥添彩。为了这次"出场"，我们已经进行了差不多一个月的腰鼓训练。腰鼓技术比较简单，节奏有"咚吧、咚吧、咚咚吧、咚吧"和"咚咚吧咚、咚咚吧咚、咚咚吧咚吧咚咚吧咚"两种，笨拙如我者也未感为难。因为最要紧的不是繁复的腰鼓花样，而是表达出我们的一份喜庆的声音。

"毛主席万岁！"路过天安门城楼时，大家兴奋地向毛主席问好，腰鼓也打得更响亮了。毛主席满面笑容地看向我们，对着大家招手。

与阅兵、游行一样规模盛大的是晚上的焰火晚会，那是我一辈子头一回看到焰火。焰火熊熊，绚烂至极，仿佛照亮了整个北京城的夜空。

一九五〇年四月，不到十六岁的王蒙从中央团校毕业，和全体学员一起受到毛泽东主席的接见。王蒙回到北京团市委工作后，被分配到了第三区团工委，先后担任了中学部和组织部的负责人。一九五三年，年仅十九岁的王蒙，担任了青年团北京东四区委副书记。

那时的王蒙是个"老"党员，也是这群年轻的革命者里年龄最小的一个，同事们初次见到他时，总是忍不住打听他的岁数，还调侃他说："团区委来了一个小娃娃。"

王蒙和他的同事们都充满干劲，工作起来废寝忘食。他整天组织青年人演讲、读书、合唱、联欢。那时他刚刚读过苏联作家加里宁的《论共产主义教育》，还读了列宁的《青年团的任务》，一心一意想让自己联系的团员们，都能为建设新中国而奋发图强，他期待大家都朝这样一个高远的目标而努力——必须使社会、国家、人类和我们自身比之前好上千倍万倍。年轻的青年团干部王蒙就是怀着这样纯粹的、明亮的、充满理想主义光芒的信念,不知疲倦地工作着。

《青春万岁》

一九五一年底,十七岁的王蒙写下了这样的日记:"一九五二年我就年满十八岁了,的确,年龄自有它的真理,我从来没有像现在这样地感觉到,我已经大了,我已经是一个年轻力壮的小伙子,我有多少力量,又有多少幻想啊。"

王蒙觉得,这些幸福的日子应该以文学的方式被保存下来。一九五三年十一月,刚刚过完十九岁生日的王蒙,买来几个十六开的大笔记本,开始在上面写下一页页小说草稿,这就是他的第一部长篇小说《青春万岁》的二十万字初稿。另外,王蒙还给《青春万岁》起了一个备用书名《亮晶晶的日子》。

一个十九岁的年轻人，要如何写出一部二十万字的长篇小说呢？王蒙在后来的采访中回答："我靠的是对新中国成立的感动，靠的是新中国开始时的'所有的日子'。"

经历了旧社会的土崩瓦解、解放的欢欣、解放初期的民主改革与随后的经济建设的这一代少年、青年人感到前所未有的幸福与充实。作为其中的一分子，王蒙怀恋革命运动中的慷慨激昂、神圣庄严，为大规模的、有计划的社会主义建设欢呼。年轻的王蒙注视着历史转变当中的生活，以及人们内心世界中的微妙变化、万千信息，同时他觉得这一切是不会再原封不动地重现了，自己有责任为这个时代而歌。

当然，能一下子写出长篇小说肯定也离不开王蒙在文学上的天赋。王蒙的处女作，是一九四八年他还不满十四岁时写下的散文《春天的心》，这篇文章被刊登在他初中学校的校刊上。事实上，参加工作后，王蒙在文学方面的特长，很快就显露了出来。一九五〇年，由他采访、写作的一篇关于中学生暑假生活的通讯报道在《北京日报》发表，这是新中国成立后他第一次给报纸投稿并被采用。

青年时的王蒙喜欢工作，也热爱文学和艺术，他的业余时间差不多都用在阅读、听音乐和看演出上了，他的心底一直涌动着一个朦胧而美好的作家梦。和童年时一样，王蒙一有空闲就如饥似渴地读书。一九五二年深秋和初冬的夜晚，他深深地沉浸在巴尔扎克的文学世界里，接着他又爱上了苏联作家法捷耶夫的长篇小说《青年近卫军》。

一种想写点什么的冲动不断地在王蒙的内心鼓荡，就在这个时候，一条恰逢其时的引线点燃了他酝酿已久的梦想——他读到了苏联作家爱伦堡的文章《谈作家的工作》，这篇文章把文学创作的美丽与神奇写得出神入化。此时，一个念头宛如闪电照得王蒙目眩神迷：如果自己写一部小说，长篇小说……这个想法让他久久不能平静。于是，一九五三年深秋，年轻的青年团干部王蒙在繁忙的工作之余，在他那间办公室兼宿舍，那间终年不见太阳的小屋里，开始创作《青春万岁》。

事非经过不知难，动笔之后，王蒙才切实感受到要写一部书是多么不容易。后来他在一篇回忆文章中生动地记录了当时艰难的写作情景:"你要考虑人物,你要考虑人物间的关系。你要考虑事件。你要考虑天气、场景、背景、道具、声响、树木、花草、虫鱼、日光和月光,朝霞和夕照,一年四季,悲欢离合,生老病死,是非功过……你东想西想,一分钟一个主意,你徘徊犹豫,时刻站在十字路口。任何一段都有几十种可能的选择,每一句话都有几十种上百种说法,每一个标点符号你也可以想上一次两次八次十次。文学的自由使你变成了自由落体,落到了太空之中,什么都可能,什么都可以选择,什么都有可能成功,什么也都可能不灵……"更重要的是,他装了一肚子的故事、人物、各种各样的细节,但是用什么样的结构才能把这一切编织成一部完整的长篇小说呢?一时间,不得要领的王蒙陷入了写不下去的窘境。

就在王蒙为《青春万岁》的结构而苦恼的时候,一天晚上,他去中苏友好协会听了一次音乐会。王蒙从小就喜欢听音乐,喜欢唱歌。虽然薪水很低,但是他还是从牙缝儿里挤出钱来,和姐姐一起买了一台二手的留声机。那时候一张苏联唱片要八角钱,虽然这台旧留声机转速时快时慢,但他还是用它听了许多苏联歌曲。

那晚的音乐会上,王蒙听到了交响乐,正是交响乐的结构,让苦思冥想的王蒙刹那间获得了灵感。他听着听着,生出一种"山重水复疑无路,柳暗花明又一村"的感觉,内心豁然开朗:长篇小说的结构正应该是这样的呀,引子,主题,和声,第二主题,冲突,呈示和再现。一把小提琴如诉如慕,好像是某个人物的心理抒情。小提琴齐奏开始了,好像是一个欢乐的群众场面。鼓点和打击乐,低沉的巴松,这是另一条干扰和破坏书中年轻人物的生活的线索,一条反抒情线索。竖琴过门,这是风景描写。突然的休止符,这是情节的急转直下。大提琴,这是一个老人的出场……小说的结构也应该是这样的,既分散又统一,既多样又和谐。有时候有主有次,有时候互相冲击,互相纠缠,难解难分。有时候突然变了调,换了乐器,好像是天外飞来的另一个声音……解决了结构上的困扰,王蒙文思泉涌,一九五四年的冬天,才一年的时间,《青春万岁》就完稿了。

初稿完成后，王蒙拜托父亲的朋友、时任北京电影制片厂编剧的潘之汀先生审阅。潘之汀先生看后赞不绝口，夸赞他有着了不起的才华，立刻把王蒙和他的《青春万岁》介绍给了中国青年出版社文艺室负责人萧也牧（吴小武）。萧也牧先生对待稿子十分认真，一九五五年冬天，他特地约上老作家萧殷和王蒙一起就稿子交流意见。萧也牧和萧殷两位先生都肯定了这部作品，但是也坦率指出小说缺乏一条主线，两人建议王蒙再就小说的结构进一步打磨。稿子修改得很快，也很顺利，中国青年出版社很快通过了三审。

一九五七年，《青春万岁》的部分内容开始在《文汇报》连载，《北京日报》也发表了其中的个别章节。一九七九年五月，《青春万岁》由人民文学出版社首次正式出版。一九八三年上海电影制片厂将《青春万岁》搬上了银幕。二〇一九年《青春万岁》入选"新中国70年70部长篇小说典藏"，成为广受读者欢迎的经典之作。

《青春万岁》描写了新中国成立之初一群中学生朝气蓬勃的生活，充满了青春的气息和青春的力

量,它有一首流传甚广的序诗:

所有的日子,所有的日子都来吧,
让我编织你们,用青春的金线,
和幸福的璎珞,编织你们。

有那小船上的歌笑,月下校园的欢舞,
细雨蒙蒙里踏青,初雪的早晨行军,
还有热烈的争论,跃动的、温暖的心……

是转眼过去了的日子,也是充满遐想的日子,
纷纷的心愿迷离,像春天的雨,
我们有时间,有力量,有燃烧的信念,
我们渴望生活,渴望在天上飞。

是单纯的日子,也是多变的日子,
浩大的世界,样样叫我们好惊奇,
从来都兴高采烈,从来不淡漠,
眼泪,欢笑,深思,全是第一次。

《青春万岁》

所有的日子都去吧,都去吧,
在生活中我快乐地向前,
多沉重的担子我不会发软,
多严峻的战斗我不会丢脸;
有一天,擦完了枪,擦完了机器,擦完了汗,
我想念你们,招呼你们,
并且怀着骄傲,注视你们。

这些露珠一样清澈透明、火焰一样热情奔放的诗句,一经面世,就受到很多年轻人的喜爱,成为口口相传的箴言,直到今天,依旧在读者中传诵不衰。

到边疆去

在修改《青春万岁》的同时,年轻的王蒙才情勃发,一九五六年四月,二十一岁的他写下了短篇小说《组织部来了个年轻人》,一九五六年九月在《人民文学》发表时改名为《组织部新来的青年人》。这是他的成名作,给他带来了巨大的声誉,也带来了很多坎坷与磨难,用他自己的话说,这部作品改变了他的一生。

这部短篇小说较早触及了现实生活中存在的官僚主义问题,发表之后引起了热烈的反响和广泛的争论。在随后开始的反右派斗争中,王蒙因为这部作品被错划成右派分子,开除党籍,下放到北京门头沟区斋堂公社军饷乡桑峪村劳动,直到一九六一年才摘掉了右派帽子。

　　王蒙始终是个乐观主义者，即便突然面对命运的震荡，他依旧保持着乐观的心态。有一张拍摄于一九五七年底的照片，那是他被批判之后第三天照的，照片中，他身着毛衣，右手叉腰，左手钩着一件小棉袄的领子，把小棉袄甩在肩上，一脸的灿烂与潇洒。他自己笑称："整个青年时代，我没有再照出过这样帅气的照片。"

　　一九六二年九月，王蒙被分配到北京师范学院（今首都师范大学）中文系做教师。一九六三年秋天，王蒙参加了中国文联举办的一个读书会，他在会上抽空给妻子崔瑞芳打了一个电话，那个时候崔瑞芳是北京市第一零九中学的老师。电话持续了三分钟：

　　王　蒙：我正在会上，大会号召作家们到下面去，我们去新疆好不好？

　　崔瑞芳：我太赞成了，新疆是个好地方，那里的人能歌善舞。

　　王　蒙：你同意的话，我就请参会的新疆代表给联系。

崔瑞芳：太好了，太好了。那么孩子呢？

王　蒙：一起去啊，全带上。

……

如此重大的事情，居然只用几分钟就谈好了，听上去是不是有点草率？其实，王蒙一到高校就觉得生活可能出现单一化问题，不利于他的创作。毛主席号召"我们共产党员应该经风雨，见世面"，正是他需要的，于是立刻响应。新疆在祖国遥远的边陲，有着王蒙完全不熟悉的民族文化，在那里一定能收获丰富的、新鲜的生活经验。王蒙的妻子崔瑞芳因为对丈夫无条件的信赖与支持，所以不假思索地同意，和王蒙一起抛下城市生活和稳定的工作，到人生地不熟的边疆去。

王蒙与崔瑞芳是在工作中相识相知的，他们在十八九岁的年纪开始了美好的初恋。一九五七年一月，王蒙当时的处境已经从阳光灿烂走向阴晴不定。在王蒙开始遭受冷遇的时候，崔瑞芳义无反顾地嫁给了他；在他下放劳动时，她不顾重重压力去探望他、鼓励他，给逆境中的王蒙带去了温暖与爱。事实上，他们的爱情与婚姻经受住了漫长岁月的考验，他们真正做到了生死相依、不离不弃，就像《诗经》中所写的："死生契阔，与子成说。执子之手，与子偕老。"

不过去新疆的决定还是遭到了亲友们的反对，他们纷纷劝告他俩，就算遭遇不如意，那里也没有北京好，不要异想天开，轻举妄动。可是，家人和朋友们的好意已经阻拦不住他们西行的脚步。一九六三年十二月，新年前夕，王蒙和崔瑞芳处理掉了带不走的家当，带着两个儿子——当时五岁的王山和三岁的王石，一家四口登上了从北京开往乌鲁木齐的列车，挥别了他们生于此长于此的北京城。

在人生的低谷，他们不仅豁达乐观，而且时刻保有对生活、生命的无限热情。虽然走得仓促，又带着两个幼儿举家迁徙，其忙乱程度可想而知，但两个人还是不忍心把家中鱼缸里养的小金鱼送人，他们觉得那也是生命，是家庭的成员，于是就用一个瓶子装上水，把几条小金鱼放进去，一路上精心

到边疆去　65

照顾，一同去了新疆。

列车缓慢地行驶在路基尚未完全压实的铁路上。车到西安，他们在短短的三个小时转车间歇，还参观了大雁塔。王蒙兴致勃勃地给两个儿子讲唐僧取经的故事，讲为保存带回长安的经卷佛像修建大雁塔的故事，他那高兴劲儿，就好像不是要奔赴充满未知的异乡，而是来旅游的。

列车继续西行，乌鞘岭、武威、张掖、嘉峪关、玉门、红柳河……那些他在诗词中早已相遇过的赫赫有名的地名，现在活生生地呈现在面前。这是一次空间上的迁徙，又仿佛是一次时间上的漫溯，历史的烟尘迎面扑来，携着苍凉与辽阔，带着传说与神话，一旦遇上王蒙那永不止息的好奇与充满求知欲的心灵，便紧紧地相拥在一起。

那个时候没有高铁，绿皮火车摇啊摇，晃啊晃，朝着广袤的中国西部大地咣当咣当开去，经过了漫长的五天四夜，他们的旅程终于在一九六三年十二月二十八日结束了——列车抵达了他们的目的地乌鲁木齐。车外，北风卷着漫天飞雪，把一个冰天雪地中的城市，一个与熟悉的北京迥然不同的乌鲁木齐送到了他们的面前，同时，也把来迎接他们的新疆维吾尔自治区文联热情的朋友们送到了面前。

迎接王蒙的人们几乎与他不相识，但他们对王蒙一家嘘寒问暖，真诚好客，让见识过人情冷暖的王蒙，置身于亲如兄弟姐妹的人群里。在遥远的新疆，王蒙恍惚间突然有了一种回到家中的感觉。

当时人们的生活并不宽裕，但大家为了庆祝王蒙一家来新疆，第一顿饭就包了羊肉馅的饺子为他们洗尘。饺子实在太美味了，王蒙吃啊吃啊，到最后，吃得太饱了，肚子都撑得疼起来了。

从此，新疆成了王蒙的第二故乡，从一九六三年到一九七九年，他在新疆生活了十六年。从二十九岁进疆直到四十五岁回到北京，可以说，他人生最好的年华都是在新疆度过的。

燕子来了巴彦岱

到达新疆后,王蒙先是在乌鲁木齐任杂志社的编辑。一九六五年四月,他只身来到伊犁哈萨克自治州伊宁县巴彦岱镇红旗人民公社二大队一小队,参加劳动锻炼。同年九月,崔瑞芳也调到了离王蒙五公里远的伊宁市区一所中学任教。

"巴彦岱"在蒙古语中的意思是"富饶的地方",这是一个以维吾尔族为主,有七八个民族聚居的小村镇。按照当时的惯例,王蒙与当地的农民兄弟们同吃同住同劳动,简称"三同",后来他还担任了一年二大队副大队长。

王蒙被安排在一个维吾尔族老乡家里居住。房东老爹名叫阿不都热合满·努尔,他是一小队的水利委员，个子矮矮的，两眼炯炯有神，留着漂亮的胡子。房东大娘叫赫里其罕·乌斯曼，她是瓜子脸，眉清目秀，喜欢穿一身玫瑰紫大方格的西式套装。这对善良的夫妇有一个养子，是一个从兰州孤儿院疏散到伊犁来的汉族孩子，他们给他起了一个维吾尔族名字，叫阿卜都克里穆。

房东家有个小小的院子，院子里长着三棵苹果树，还有一架葡萄藤，靠近大门的地方栽着玫瑰花。起初，王蒙住在院里一间只有四五平方米的厢房里，屋里只有一个土炕，墙上挂着一面细罗和一张没有经过鞣制、散发着浓浓腥气的生牛皮。小屋破旧的木门门楣之上，歪歪斜斜地留有一个不规则的三角形空隙。起初，王蒙以为是盖房子的人手艺太粗糙，留下了空隙，后来才知道那是当地人故意留下的——春天燕子飞来时，可以方便它们通过这个缝隙飞进屋子里做窝。谁家有燕子来安家，就意味着谁家会有好运气。

王蒙住进来没几天，一对黑色的燕子就飞来了，它们在门楣上方的门梁上安家落户，开始辛勤地衔泥筑巢。房东夫妇俩都是非常朴实的好人，房东老爹在村里到处说:"老王是个善人啊,好几年燕子都没有来我家了,他一到,燕子就在他眼前筑起窝来。"

燕子夫妇很快就孵出四只小燕子。每天凌晨四点,王蒙总会被燕子一家呢呢喃喃、叽叽喳喳的叫声叫醒。那时候,他孤身一人,初来乍到,又因为不会维吾尔语,无法和房东以及村子里其他人很好地沟通,所以难免感到孤独。不过,这也难不倒生性开朗的王蒙,这不,他很快就和燕子一家成了好朋友。

天色渐亮,王蒙披衣下炕走到燕子巢旁,调皮地朝燕子一家挥挥手:"早上好!"燕子们也不怕他,嫩黄的小嘴朝他呢呢喃喃,像是在向他回道早安。在朦胧的晨光里,王蒙看到几双小小的、黑中透亮的眼睛,几个毛茸茸的小脑袋挤在一起,然后就是黑亮黑亮的翅膀上的羽毛,让人不由得生出想抚摸一下的冲动。

朝夕相处中,王蒙很快就熟悉了燕子的习性,它们除了觅食、喂哺幼崽、打盹儿,更多的生活内容就是用着他听不懂的"燕语"交谈。一天到晚,一家人亲亲热热，说个没完。

连鸟儿都渴望交流，何况是人呢！燕子们让王蒙想起来巴彦岱之前，他在莎车县碰巧遇到的新疆维吾尔自治区党委书记处书记林渤民。当时林渤民用开玩笑的语气鼓励他学习维吾尔语："你去深入生活，就是和生活恋爱，可是哪有通过翻译谈恋爱的呢？"这话让王蒙印象很深刻，是啊，要深入人民群众，怎么可能不用语言和他们交流呢？

燕子们温馨的生活场景感染了王蒙，看着它们，他的内心时不时涌起一股温情。可是，有一天他劳动回来，看到一只雏燕趴在地上，羽毛凌乱，气息微弱。王蒙以为它不小心从巢里掉下来了，于是小心翼翼地把它捡起来，放回到燕子们的窝里，没想到燕子夫妇把它衔起，抛到了地上。王蒙大吃一惊，不明白是怎么一回事，他再次把幼小的燕子捡起放回巢里，这一次，燕子夫妇还是把它衔起抛到地上。一刹那，王蒙明白了，这是一只生病的幼燕，燕子夫妇一定觉得无法救活它了，才把它丢了出来。

王蒙不忍心丢开这只"弃燕"，他试图救治它，喂它喝水，喂它食物，然而，小燕子不吃也不喝，很快死去了。王蒙手托着这只还没有学会飞翔就死去的幼燕，难过得连饭都不想吃了。他抬头看看院子上空的天，一边是一个幼小生命的离去，另一边天还是蓝得那么醉人，院子里苹果树上不知名的鸟儿，一刻不停地叽叽喳喳，世界依然是那么鲜嫩明亮啊！这就是大自然，在死的哀伤与生的欢乐中循环往复、生生不息。

王蒙感觉自己爱上了巴彦岱，大到爱这里淳朴的人，爱这里广袤的土地，小到爱这里的一棵树、一只小燕子，他恨不得立刻掌握维吾尔语，自由自在地和周围的人交谈。多年以后，王蒙谈起他为什么要学习维吾尔语时，是这么说的：

这是一扇窗，打开了这扇窗便看到了又一个世界，特别是兄弟的维吾尔人的内心世界。这是一条路，顺着这条路，你走进了边疆的古城、土屋、花坛、果园，进而走向中亚和西亚，走向世界。这是一座桥，连接着两个不同的民族，连接着你的心和我的心。这是一双眼睛，使你发现了少数民族的文化和历史。反转过来帮助你发现自身的汉文化和历史。这是耳朵，使你周围的许多陌生的声音变得亲切、丰富、有意义。这是舌头，你能更加尽情地、淋漓尽致地表达陈述。这是灵魂，你感到了又一种民族性格的萌动与忧思、新的动机与新的启示。这是信念，是胸怀，是一种开放得多的时代精神，使你更少偏见，更多理解地走向边疆而且走向世界。

维吾尔语"博士后"

王蒙的人生无论是跃升巅峰还是跌入低谷,有两种习惯他从来都没有改变过,那就是爱生活、爱学习。说起爱学习,这一点在他对待维吾尔语这件事上可谓达到了极致。

曾经有人问王蒙:"你在新疆十六年都干什么了呀?"王蒙幽默地回答道:"我读了维吾尔语'博士后'啊,你们看,我在新疆生活了十六年,相当于大学预科三年,本科五年,硕士三年,博士三年,博士后再两年,正好是十六年嘛!"

王蒙总说学习是他永远不可被剥夺的看家本领。学习维吾尔语时,他先是找到了一本新中国成立初期当地政府行政干校编印的维吾尔语课本,又仔细地阅读了父亲从北京寄来的一本杂志上介绍的维吾尔语入门文章。

仅仅是初步了解，王蒙就已经感受到了学习维吾尔语的难度。且不说无穷无尽的词汇，单说汉语里没有的那些小舌音、送气音，就够让他发怵的了，何况还有让人头大的语法，什么名词的六个格，动词的时、态、人称附加成分，有时候一个动词要加十几种附加成分……可王蒙只要决心学什么，就会特别投入，特别痴迷。一旦想学维吾尔语，在他眼里，无论是田间地头还是村里家里都是他的教室，无论大人小孩都是他的老师。

一有空他就收听维吾尔语广播。刚开始，他几乎一个字也听不懂，那他也听得特别投入，就像欣赏音乐一样陶醉其中。走在村里的街道上，碰上小孩子在一起叽叽喳喳地说话，他就会停下来，站在旁边"灌耳音"。

房东大娘的外孙女拉依赫曼，当时只有八九岁的样子，说起话来字正腔圆、口齿清晰，是王蒙学习维吾尔语的"小老师"。拉依赫曼老师严格又认真，她常常一遍又一遍不厌其烦地为王蒙示范读音，随时随地纠正王蒙的语音语调。拉依赫曼老师对自己这位学生相当满意，因为他学习十分刻苦，差不多到了快要"走火入魔"的程度——王蒙看到门，就立刻说出维吾尔语里"门"的读音；看到床，就说出"床"的读音；有风吹过来，他就喊出"风"的读音；看到打了数的算盘或者阿拉伯数字，会立即用维吾尔语读出来；有一天晚上，妻子崔瑞芳甚至听到酣睡中的王蒙说出了一串维吾尔语的梦话。

不到一年时间，王蒙已经可以流利地说维吾尔语了。他戏称自己"多了一个舌头"，不仅能轻松自如地和老乡们用维吾尔语开玩笑、玩文字游戏，就连一些微妙的话外音，他也能毫不费力地领悟到。有一次，他在屋子里用维吾尔语朗诵毛主席著作，外面路过的邻居听到了，误以为是收音机里的维吾尔族播音员在广播。

喜欢唱歌的王蒙，自然也不会放过研究维吾尔语歌曲的机会，学唱维吾尔族民歌，这既是学习维吾尔语的好方法，也是学习维吾尔语馈赠给他的精

神享受。后来,他在小说《夜半歌声》中写道:

> 我从来还没有听过像伊犁民歌那样忧伤,又那样从容不迫而且甜美的歌。它充满了甜蜜的忧伤和忧伤的甜蜜,唱完听完以后,你觉得你已经体验遍了人间的酸甜苦辣,你已经升华到了苦乐相通、生死无虑的境界……我从来没有听过像喀什噶尔民歌那样温柔又那样野性的歌,它充满了野性的温柔和温柔的野性,唱完听完以后你觉得全部生命、全部身心都得到了尽情的发挥。

克服了语言的障碍后,王蒙和巴彦岱的老乡们在交流上可以说是畅通无阻了,他经常用维吾尔语向他们传授传统文化知识,也向他们讲解人类在科学上的新进展。

一九六九年七月的一天,喜欢读报的王蒙在《参考消息》上看到了美国宇宙飞船"阿波罗11号"登月的消息。吃饭的时候,他把这个消息告诉了房东老爹。一开始,房东老爹怎么也不相信,他说:"从地球到月球,就是骑上一匹快马,走四十年也走不完。"后来，经过王蒙一番深入浅出的讲解，以及两个人热烈的争论，过了几天，老爹跟王蒙说，尽管他觉得这是一件绝无可能的事情，可他还是选择相信王蒙的话。

当然，让老爹和乡亲们感到费解和新奇的事情，在王蒙到来之后，还有很多桩。好比说一位来拜访王蒙的记者，带着一台牡丹牌小型半导体收音机来到老爹家里，从来没有见过收音机的老爹一家人，听到里面传出的声音时，全都惊呆了。有男人在播报新闻，有女人在独唱，有孩子在合唱，他们怎么也想不明白，巴掌大的一个小盒子，里面怎么能够装下这么多人。对新生事物充满好奇心的房东老爹，像个孩子一样拉着王蒙彻夜长谈，王蒙用熟练的维吾尔语解答了老爹一个又一个有关半导体收音机原理的问题，他们之间的情谊也在这样的交谈中日益深厚起来。

一九七三年，王蒙回到新疆维吾尔自治区文化局创作研究室工作，那时的他已经能够凭借扎实的维吾尔语功底，参与《新疆文学》维吾尔语版的编辑工作了。不但如此，他还参加了周恩来总理诗歌的维吾尔语翻译工作，还翻译过伊犁青年作家马合木提·买合买提的短篇小说《奔腾在伊犁河上》。

　　王蒙对维吾尔语的热爱融入到了他的血液里。离开新疆之后，说维吾尔语的机会少了许多，每次碰到可以用维吾尔语交流的机会，他总是忍不住要过过瘾。一九八〇年，他到乌兹别克斯坦访问，乌兹别克语虽然和维吾尔语不同，但也有很多相通的部分，王蒙只经过短暂的学习，就能和当地人交流了。王蒙担任文化部部长之后，有一年，文化部和国家民族事务委员会联合宴请西藏地区的艺术家，时任国家民族事务委员会主任的司马义·艾买提要在宴会上讲话，王蒙建议他用维吾尔语讲，由自己担任翻译，这个新颖而别致的提议让会场气氛顿时活跃起来，笑声一片。

真正的农民

在巴彦岱的六年，王蒙把自己变成了一个真正的农民，从播种、除草、浇灌到收割、扬场，样样农活儿他都很上心地去学，样样农活儿他都干得有模有样。

到了风雪弥漫的冬天，他和村里其他农民一起冒着刺骨寒风，在戈壁滩上住地窝子，修湟渠。地窝子是新疆数千年军民屯垦戍边的见证，这是一种能抵御风沙的简陋住处，类似一个简单的棚屋——在地面以下挖一米见深的坑，四方形状，面积约两三平方米，然后在四周垒起约半米高的土墙或者砖墙，上面放几根椽子，椽子上搭上树枝编成的顶棚，再铺上草叶，抹上泥巴，就算建成了。

能吃苦又擅长交流的王蒙,很快就获得了当地老乡们的信任和喜爱,在此期间,他当了一年的大队副队长。巴彦岱的老乡们早就把他当作自己人看待了,他们亲热地称呼他"王大队长""老王哥""老王"。那时不管王蒙走到哪里,只要碰到认识的老乡,就会听到他们热情地邀请他:"房子去,房子去。"这是伊犁地区的人邀请朋友到家做客时常说的一句话。后来,王蒙有点得意地回忆道:"那时我已经可以任意推开某一家的门,而觉得如同自己的家一样了。"

王蒙和房东一家更是处成了亲人。王蒙刚到房东老爹家不久,老爹和大娘就让他从小屋搬进了正房。房东大娘打的馕、煮的茶、做的拉面,房东老爹酿的葡萄酒,都美味无比。他们朴实、好客、充满同情心,从不因为王蒙身处困境而看不起他,相反,他们给了他精神上、情感上最大的支撑和慰藉。

在那些特殊的岁月里,王蒙的心情难免会低落,房东老爹安慰他说:"不要发愁啊,无论如何都不要发愁!任何一个国家,都需要有诗人,您早晚要回到您的'诗人'岗位上的,这难道还需要怀疑吗?"

房东老爹的话语给了王蒙很大的鼓舞,他藏在话中的智慧也让王蒙对他刮目相看。王蒙发现,房东老爹和大娘从不怨天尤人,而且善于苦中作乐。院子狭窄,房东老爹就用几棵死掉的果树,搭上树枝树杈、秫秸和向日葵秆儿,在土屋门前建一个棚子,房东大娘则在棚子里认真地修了土炕和炉灶。就这样,一个夏天用来纳凉和喝茶的茶棚就建成了。

自从有了这个小小茶棚,王蒙和房东一家在又闷又小的屋子里就再也待不住了,他们总是喜欢在这个室外的茶棚里边喝茶边聊天。就连麻雀也来凑热闹,它们一点儿也不怕人,有时候还会大摇大摆地落在离人们不远处的地面上,一跳一跳地走路。而成双捉对的燕子,也常常盘旋翻飞,呢喃絮语。

他们聊的话题常常是天南海北、无所不包,比如塑料是什么做的,火车是什么样子,为啥能拉那么多东西,还有广播、电视、电报、电话、熊猫、大象、犀牛、金丝猴……房东老爹旺盛的求知欲和思考的深度常常让王蒙吃惊。这也让王蒙对基层老百姓有了面对面的了解，他们的乐观和聪明劲儿都让王蒙觉得自己学到了很多。

作家总是比普通人更喜欢观察，王蒙在巴彦岱的日日夜夜，都在仔细观察着身边的人和事。每天晚上，不管白天劳作得多辛苦，王蒙回来后总是在昏黄的灯光下，记下他看到的人、听到的话。他发现，维吾尔族同胞做针线活儿时，针尖总是朝着左后方向走，而木匠们用刨子刨木头，都不是往前推，而是往后拉拽，这些小细节都为的是不伤到旁边的人。

王蒙还发现，维吾尔族同胞说起话来很幽默，也很形象。比如，有位老乡喊王蒙别老待在屋子里，他是这么说的："老王，出来吧，出来吃吃空气。"维吾尔族的很多谚语也充满文学性，常常让王蒙不由自主地叹赏起来。比如他们说"火是冬天的花朵"，让王蒙终生难忘。

维吾尔族人常说："人生在世，除了死之外，其他全部都是塔玛霞儿。""塔玛霞儿"是一个维吾尔语词，其中蕴含的微妙意思很难在汉语里找到准确对应的词语，我们常说的"玩""漫游""游戏"里面含有这样的一些意思，但又不尽然。这个词所透出的那股潇洒的豁达劲儿，深深地感染了王蒙。

什么才是生活的真谛？权力、金钱、名声？王蒙在维吾尔族人民最普通的日常生活里、最容易被忽略的细节里，捕捉住了生活最富有魅力的部分。后来，王蒙重返文坛之后创作的很多作品如《故乡行——重访巴彦岱》《哦，穆罕默德·阿麦德》等都是取材于此。让他获得茅盾文学奖的长篇小说《这边风景》，被誉为描写新疆各族人民生活的《清明上河图》，故事取材离不开这段生活的滋养。

一九七九年六月十二日，王蒙和崔瑞芳离开新疆重回北京，四十多位同事朋友到火车站为他们送行。当他们乘坐的列车缓缓启动时，王蒙禁不住流下了热泪，这里面包含了十六年的付出与收获。他来的时候，是一个二十九岁的头发墨黑的青年人，他离开的时候，已经是四十五岁的两鬓有了星星点点白发的中年人。他的女儿王伊欢是在新疆出生的，来新疆帮他们照顾孩子的姨妈也是在这里去世的。新疆生活的点点滴滴都成了王蒙血肉的一部分。

从某种意义上说,这不是告别,而是王蒙和他的新疆故事的另一种开始。正如法国著名作家夏多布里昂所说的:"每一个人身上都拖带着一个世界,由他所见过的、爱过的一切所组成的世界,即使他看起来是在另外一个不同的世界里旅行、生活,他仍然不停地回到他身上所拖带着的那个世界去。"

四十岁发愤创作

著名作家柳青曾说过:"人生的道路虽然漫长,但紧要处常常只有几步,特别是当人年轻的时候。"

一九七四年十月十五日,王蒙在新疆度过了他的四十岁生日。回顾王蒙在新疆的十六年,有很多重要时刻在漫长的时光之墙上留下了特殊的印记,这些非凡的瞬间可能就埋藏在千千万万个平平常常的日子里,不显山不露水,不但在当时只道是平常,就是走过之后回望之时,也不一定感受得到它不一样的光芒,但实际上它却在王蒙的生命中产生了持续的回响。

王蒙四十岁生日的特殊意义,被与他相濡以

沫、同舟共济的妻子崔瑞芳详尽地记述下来，她曾回忆说："直到一九七四年十月十五日，过四十岁生日那天，他（王蒙）才真正受到了触动。那天，我和孩子们举杯为他祝贺。他百感交集，一下子想了很多——十九岁风华正茂，写了第一部长篇小说《青春万岁》；二十九岁而立之年，举家西迁来到新疆，还不是为多积累些生活素材，写出有分量的能经得住历史考验的作品来。如今年满四十，却一事无成，怎能不让人痛心？但同时，他也有了一种不能再耽误下去的紧迫感，特别是读了一篇安徒生童话之后。那童话描写了一个人的墓碑，墓碑题词大意是：死者是一位大学者，但还没来得及发表著作；死者是一位大政治家，但还没来得及当上议员；死者是一个运动员，但还没来得及破纪录。童话讽刺了那种空有大志，等待明天，最终一事无成的悲剧性格。这篇童话给了王蒙相当大的刺激，他一再向我复述它的内容。就在过四十岁生日的这一天，他庄严宣告：再也不能等下去，必须从今天而不是明天就开始努力写作！"

　　王蒙当时发愤创作的作品正是几十年后得以出

版,并获得茅盾文学奖的《这边风景》。其实,王蒙最初动笔写作《这边风景》是在一九七三年,他曾回忆说:

当时我还没有发表著述的权利,我开始尝试写作一部反映新疆伊犁地区的维吾尔族农民生活的长篇小说。因为从一九六五年到一九七一年,我曾在伊犁农村生活、劳动了六七年;我的家则在伊犁地区落户了八年。伊犁河谷的山川大地,风土人情,是非常迷人的、难忘的。伊犁人特别是当地的维吾尔农民,在最苦难的日子里给我那么多友谊、温暖、力量和全新的经验,使我获益终身。我觉得,正是在对于边疆、对于少数民族、对于农村和农民有所接触、有所感染和理解之后,才启发、推动了我进一步去认识中国,认识社会,包括对于内地,对于汉族,对于城市的干部、知识分子及青年,也似乎有了一些新的思考和发现。边疆—内地,农村—城市,少数民族—汉族,这些对比和联想,在某种意义上,正是我近年来创作的源泉。

王蒙最初是断断续续地写《这边风景》，而到了一九七四年，准确地说是过完四十岁生日后，他加快了速度，完成了初稿。

中国有两句家喻户晓的谚语："拳不离手，曲不离口。刀不磨要生锈，人不学要落后。"打拳的要天天练，唱歌的要时时吊嗓子，刀要经常磨一磨，人要坚持学习。创作也一样，写作的人都知道，如果长时间不写，下笔就会"生涩"。王蒙的《这边风景》，初稿七八十万字，不管写出来是否能够发表，持续数年不间断地写作，这既是对意志的磨炼，也让作家王蒙保持了火热的"手感"。想来这也是他复出文坛之后，能够文思泉涌、新作迭出的重要原因吧。

重返文坛

一九七七年,中断了十年的高考制度得以恢复,全国迎来了尊重知识、尊重人才的春天。

王蒙尝试着写了一篇歌颂恢复高考的短文《诗·数理化》,最终,这篇文章于一九七七年十二月在报纸副刊上登出,这距离他一九六四年五月在《新疆文学》发表《春满吐鲁番》已经过去十三年。

春回大地,冰消雪融,王蒙的才情就像解冻的河流,重新欢快地汩汩流淌,好消息也一个接着一个。王蒙的小说《向春晖》于一九七八年一月在《新疆文学》上发表,他在那段时间还接到了《人民文学》杂志编辑的约稿信。一九七八年五月,王蒙的小说《队长、书记、野猫和半截筷子的故事》

刊登在了《人民文学》杂志上。

那个时候他们已经从伊犁回到乌鲁木齐,家安在崔瑞芳任教的乌鲁木齐十四中的家属院。崔瑞芳是这样回忆当时的情形的:"一九七八年六月五日,我在办公室随手翻开第五期《人民文学》杂志,上面赫然印着王蒙的名字,《队长、书记、野猫和半截筷子的故事》发表了!我马上放下正在批改的作业,抱起那本杂志就往家里跑。天正下雨,我把杂志揣在怀里,自己淋成了落汤鸡,杂志却安然无恙。离家门还有八丈远,我就放开喉咙大叫:'王蒙,你看,你的作品发表了!……'王蒙正包饺子,那沾满面粉的手一把把杂志抓过去,嘴里念念有词:'真快!真快!'二十年了,我们从未有过这样的兴奋——他终于又回到了文学界!"

那时的王蒙手捧杂志,思绪万千,宛如梦中,眼角禁不住湿润了:这是真的吗?难道真的可以重新发表作品了吗?之后不久,王蒙接到中国青年出版社的邀请,到北戴河修改长篇小说《这边风景》。在那段时间,他上午写作,下午游泳,心情舒畅,身体健康,日子过得赛过神仙,而他的另一部作品

《最宝贵的》获得了该年度全国优秀短篇小说奖。

一九七八年底党的十一届三中全会召开，开启了改革开放的历史新时期。一九七九年十月三十日至十一月十六日，中国文学艺术工作者第四次代表大会在北京召开，标志着新时期文艺的春天到来了。王蒙与众多劫后余生的文学艺术家一起参加了这次盛会，并当选为中国作家协会第三届理事会理事。

时任中共中央副主席、国务院副总理的邓小平代表党中央、国务院向大会致祝词。他讲道："文艺这种复杂的精神劳动，非常需要文艺家发挥个人的创造精神。写什么和怎样写，只能由文艺家在艺术实践中去探索和逐步求得解决。在这方面，不要横加干涉。"话到此处，会场里顿时掌声雷动。

历史的巨变，让王蒙的命运似乎一下子从萧瑟寒冷的冬天进入了花团锦簇的春天。一九七九年五月，《青春万岁》在人民文学出版社首次正式出版——王蒙创作于十九岁的长篇小说，终于在他四十五岁时面世了。

一九七九年，王蒙的右派问题获得彻底的纠

正，他的党籍得到了恢复。六月十四日，王蒙与崔瑞芳返回北京工作，王蒙成为北京市文联专业作家，崔瑞芳则到北京七十二中继续做高中物理老师。也是在这一时期，他们的两个儿子王山和王石都考上了大学，一个在乌鲁木齐新疆大学就读，一个在陕西三原读军校。

刚回到北京时，王蒙和妻子还没有分到房子，他们暂住在北京市文化局北池子招待所六号房间。这个招待所是由一个小剧团的排练场改造而成的，十分狭小。王蒙和妻子住的小房间不足十平方米，对面是盥洗室，后面是电视室，哗哗的流水声和嘈杂的电视声，窗外的蝉鸣声和时不时响起的高低音喇叭声，走廊里川流不息的脚步声、咳嗽声、说话声……在王蒙面前构成了一曲人声鼎沸的交响乐。

那个时候，社会上流行一句话："把被耽误的时间抢回来。"王蒙不想辜负这个火热的时代，他有一种争分夺秒的紧迫感。更重要的是，他从新疆带回的累积了十六年的沉甸甸的生活经验，争先恐后地想从他的笔端涌现出来。

沉浸在写作之中的王蒙没有受到居所噪声的干

扰，相反，繁盛的人间烟火给了他一种奔放的激情、一种表达的快乐和纷至沓来的灵感。正值盛夏，天气特别闷热，老旧的转起来吱嘎作响的电扇扇不起一丝风儿，王蒙挥汗如雨，夜以继日地写，废寝忘食地写，一篇篇作品就在这个陋室中诞生了。

王蒙曾这样致敬过自己的新疆房东老爹："一个真正的男子汉应该守口如瓶，不要为生活、为人和人的关系、为一件迟早总要过去的事情的过去叫苦，生活里已经有足够的苦被人们咀嚼，又何必用自己的渺小的叹息、伤感、牢骚来进一步毒化生活呢？"这段话用来形容他自己也是非常准确的。

身处逆境时，他镇定自若，不抱怨不放弃，一心一意在苦涩中寻找生活的甜美和学习的乐趣；身处顺境时，他不忘乎所以，不耽于享受，全身心地在创作中寻找生命的价值与意义。

创作"井喷期"

重返文坛后,王蒙抓住了千载难逢的历史机遇,在极短的时间内将自己的创作状态调整到了巅峰。一九七九年十一月,他在"前三门"(崇文门、前门、宣武门)一线分到了房子。有了稳定的住处,王蒙的写作条件得到了极大的改善,从一九七九年到一九八六年,他创作出的优秀作品数量之多,犹如"井喷"——相继推出中短篇小说《蝴蝶》《海的梦》《风筝飘带》《说客盈门》《春之声》,其中《春之声》获该年度全国优秀短篇小说奖。此外,他还出版了长篇小说《活动变人形》……

王蒙是这一时期较早运用意识流[①]手法创作的作家，成为引风气之先的创新者、探索者。他发表的中篇小说《布礼》《蝴蝶》、短篇小说《春之声》《夜的眼》《海的梦》《风筝飘带》，被一些评论家称为"集束手榴弹"式的一组意识流小说，这里面的《春之声》最为典型。

《春之声》首发于《人民文学》杂志一九八〇年第五期，故事描写了从德国访学归来的物理学家岳之峰乘坐闷罐车[②]回家过年的种种见闻和感受。这篇小说打破了传统小说常用的时空秩序，采用发散的结构，从闷罐车狭小的空间出发，在短小的篇幅里讲述了十分广阔的社会生活，展现了中国社会在动荡之后焕发出的勃勃生机，小说发表之后立刻在读者中引起了热烈的反响。

实际上，这部小说的素材来源于王蒙一次平平常常的出行。一九八〇年春节，他从西安坐了两个

[①] 意识流，现代小说流派。20世纪初发端于法国和英国，后风行于欧美。意识流小说深入发掘人的无意识世界，打破传统小说的时空观念。五四新文化运动以后，意识流小说也传入中国，为中国现代作家所吸收。
[②] 闷罐车是一种以拉货为主，没有窗户、全封闭式的火车。

多小时的闷罐车到三原县看望正在军校读书的儿子。坐过闷罐车的人都知道,这种车车厢拥挤憋闷,对一般人来说是一种难熬的经历,但对王蒙来说,却是观察生活的好时机。

两个多小时的所见所闻,生动、热闹,故事也不少,但是杂乱无章、零星琐碎,如何将无序的素材编织成有序的文学作品?这个问题实际上考验的是作家把现实生活进行文学转化的能力。王蒙借鉴了西方的意识流手法,收放自如地把大时代中的小人物和历史前进的纵深感统摄在了一起。举例来说,王蒙在车厢里碰到一个用录音机学外语的男人,他立刻敏锐地意识到,这就是人们为了实现"四个现代化"而抓紧一切时间学习的缩影。在创作时,他把这个人物改成了抱小孩的妇女,加到自己的意识流小说中。

王蒙在关于《春之声》的创作谈中,这样写道:

> 为了最大限度地利用这个素材,为了尽可能多地挖出这个事件的意义,为了使在有限的时间和空

间里的事情能让人感到更广阔、更长远、更纷繁的生活，而且要在某种程度上再现我们的生活中的矛盾和本质……我改动了小说主人公和录音机的主人的身份和其他有关情况……（小说主人公的出生和经历使作品）不仅有了横的、空间的对比（例如欧洲先进国家与我国、北京与西北小县镇的对比），而且有了纵的、历史的对比，有了历史感，也就有了时代感……就是我打破常规，通过主人公的联想，突破时间和空间的限制，把笔触伸向过去和现在、外国和中国、城市和乡村，满天开花，放射性线条，一方面是尽情联想，闪电般的变化，互相切入，无边无际；另一方面又是万变不离其宗，放出去的又都能收回来，所有的射线都有一个共同的端点，那就是坐在一九八〇年春节前夕的闷罐车里的我们的主人公的心灵。

其实，这段时间也是王蒙担任各种社会职务最多、工作最繁忙的时期之一。我们不妨从《王蒙八十自述》一书所附的"王蒙年表"来看看他这几年的公务行程：

一九八〇年，随同中国作家代表团访问联邦德国，与艾青等作家赴美国参加衣阿华（现在通常译为爱荷华）大学"国际写作计划"活动；

一九八一年至一九八三年，任中国作家协会书记处书记，列席中国共产党第十二次全国代表大会，当选为中央候补委员，任《人民文学》主编，出席中共十二届二中全会；

一九八四年，率中国电影代表团携带电影《青春万岁》赴苏联塔什干亚非拉电影节参展，国庆日第一次登上天安门城楼参加建国三十五周年国庆观礼，出席中国作家协会第四次代表大会；

一九八五年，在中国作家协会第四次代表大会上当选为常务副主席、党组副书记，与十四名作家前往西柏林出席"地平线艺术节"活动，当选为中央委员；

一九八六年，就任中华人民共和国文化部部长，陪同中共中央总书记胡耀邦在中南海会见并宴请意大利著名男高音歌唱家帕瓦罗蒂，率代表团访问朝鲜，访问阿尔及利亚、法国和意大利……

回顾这一时期,王蒙将自己当时的角色定义为"党中央与广大文艺工作者,特别是作家们之间的桥梁",不仅使自己的创作步调与时代发展的脉搏同频共振,而且尽自己所能使"广大文艺工作者团结在党的周围,也使党的文艺工作、文艺政策更加符合文艺家们的心愿与实际"。

王蒙的夫子自道,让我们看到他在个人创作上的创新精神、对时代情绪的敏锐体察,以及带动广大文艺工作者一起书写新时代的担当精神。

白鸥海客

王蒙不是一个只知道读书和写作的人,他有很多业余爱好。他平生最喜爱的两件事是游泳和写作,游泳则是所有爱好中他最钟情的,也是坚持最久的。

伊犁地处边疆,没有游泳的场所,王蒙在劳动过后常常大汗淋漓,那时的他会毫不顾忌地和许多维吾尔族巴郎(男孩)一起在路边的水池里游泳。妻子崔瑞芳常常为此感到难为情,因为路上人来人往,有时候还有汽车路过,很多人向王蒙行"注目礼"。但是王蒙毫不在乎,每次都游得兴致勃勃。

从伊犁返回乌鲁木齐之后,王蒙家离郊区的红雁池水库不算远,于是,这里就成了他游泳的好去

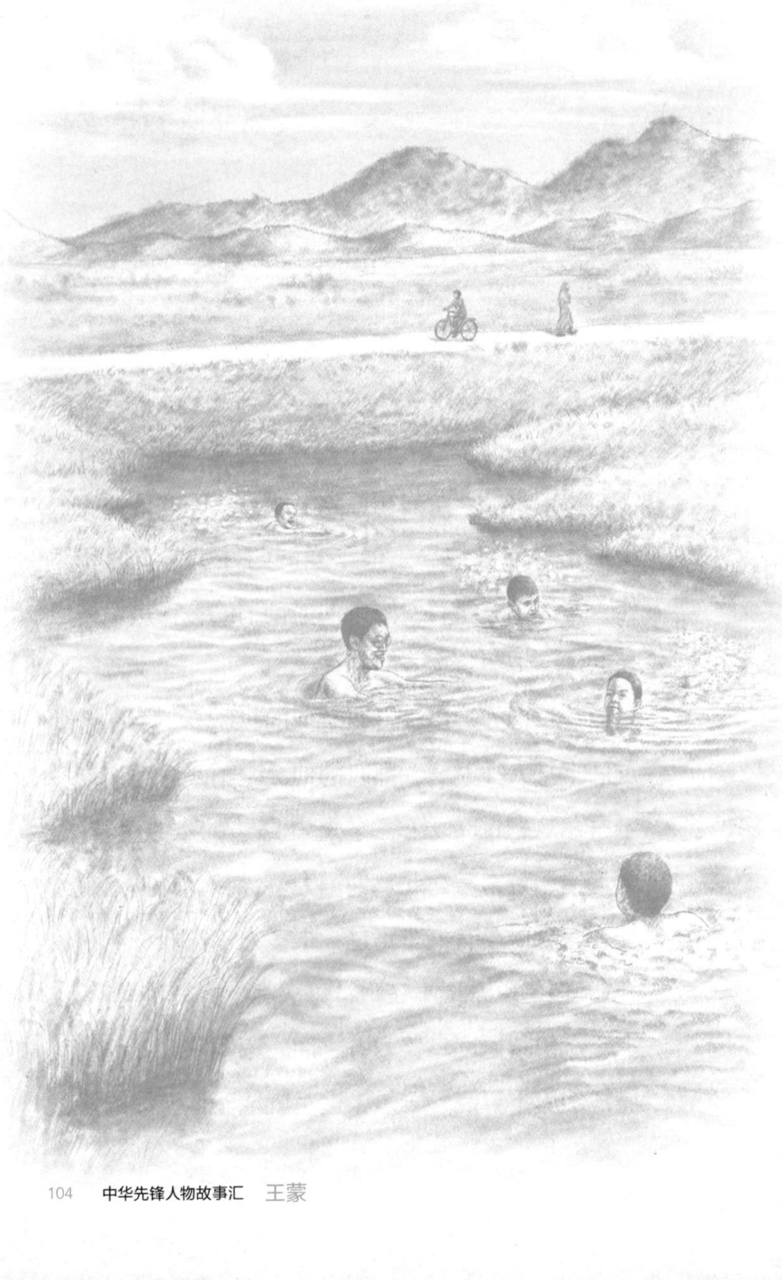

处。乌鲁木齐的夏季非常短，水库里的水是天山上的雪融化后形成的，洁净透明，冰凉彻骨。王蒙很喜欢这里，常常带上干粮，和两个儿子一起在水库里游泳、嬉戏，之后再爬上岸一起晒太阳。

有一段时间，王蒙每天都很忙，上午上班，下午参加单位组织的学习，只有中午能挤出一点儿时间去游泳。那段时间，他常常吃着自带的被太阳晒得发馊的窝窝头，跳进水库游一会儿，然后赶紧骑上自行车赶回单位继续学习。水库的水实在太凉了，就跟冬泳时的温度差不多，王蒙回到单位会议室，嘴唇还冻得青紫，身上的鸡皮疙瘩也还没有消散，说起话来直打哆嗦，同事们以为他得了什么怪病，纷纷劝他到医院里去查一查。这个时候的王蒙，就像顽皮的孩子一样保守着秘密，有一种搞恶作剧之后的窃喜。

王蒙留有一张照片，那上面的他正从五米高的悬崖峭壁上起跳，要一头扎进红雁池水库。他会自嘲跳水姿势不佳，也会对自己年届不惑还能有如此勇敢的举动、娴熟的技术，感到一丝小得意。

一九八三年七月，王蒙一家搬到了北京虎坊桥居住，这里离陶然亭很近。那时他已经四十九岁，被选为中共中央候补委员，还担任着《人民文学》杂志社主编一职，有着众多的头衔和崇高的威望。不过一游起泳来，他跟个大顽童一样，和一群叽叽喳喳的孩子混在一起，一点儿心理负担没有地到陶然亭游泳池参加深水测验，并且考试合格，拿到了深水合格证。王蒙为此相当骄傲，把合格证缝到了自己的游泳裤上。

二十世纪八十年代以后，王蒙几乎每年夏天都要去北戴河住上一段时间，在那里他上午和晚上写作，下午则用来游泳。王蒙宣称自己"不追星，但追海，不是粉丝，而是海带"。著名画家黄苗子曾经送给他一副对联"白鸥海客浑无我，黄鹤山樵别有人"。"黄鹤山樵"是元代画家王蒙的别号——此王蒙非彼王蒙，不过在老友黄苗子的眼中，作家王蒙就是"白鸥海客"。

王蒙在短篇小说《海的梦》里有一段对大海特别优美的描写，就是来自他晚上在北戴河海边散步时的观察。他这样描写夜晚的大海："……所有的激动都在平静下来，连潮水涌到沙岸上也是轻轻地、试探地……而超过这一切,主宰这一切,统治着这一切的是一片浑然的银光。亮得耀眼、活泼跳跃的却又是朦胧悠远的海波支持着布满清辉的天空,高举着一轮小小的、乳白色的月亮。在银波两边,月光连接不到的地方,则是玫瑰色的,一眼望不到头的黑暗。随着缪可言的漫步,'银光区'也在向前移动。这天海相连,缓缓前移的银光区是这样地撩人心绪……"

作为一名读万卷书、行万里路的作家、领导,王蒙很多时候都是行走在路上的状态,但这一点儿也不影响他对于游泳的坚持。他的足迹抵达的地方——渤海、黄海、南海、西沙、贵州花溪、天山脚下、镜泊湖等,以及大西洋与太平洋、第勒尼安海、墨西哥的高原湖泊……可以说,都留下了他游泳的雄姿。

在非洲毛里求斯,他游过印度洋,那天水温很低,王蒙却感觉非常好;在意大利西海岸与科西嘉岛、撒丁岛、西西里岛之间的第勒尼安海,他游过之后还赋诗一首。王蒙最喜欢的泳姿是仰泳——躺在大海里,面朝蓝天,海浪光滑如绸缎,而他漂浮其上，就像躺在摇篮里一样轻轻晃动。

最有意思的是发生在一九九三年的一件事，那年王蒙到意大利米兰开会，那次会议开得相当紧张，每天从上午九点开到下午六点，除中午有一个小时用餐时间外，没有任何休息时间。即便是这样，王蒙在心中还是盘算着到哪里能游泳。终于，经过周密的"侦察"，他选好了地点。这天，他起了一个大早，匆匆忙忙地赶到附近的科莫湖游泳。他一口气就游到了湖中心，那时天色已亮，他远远地看到参加会议的美国教授文森来到了湖边。文森教授没想到这么早就有人在湖中游泳，这时王蒙猛地从水中冒出头，朝他大叫一声："早上好！"高度近视的文森教授被吓了一大跳，以为是湖中怪兽。

当然，王蒙的游泳故事不全是轻松有趣的，他也曾遭遇危险。那是一九九五年夏天，他一个人在烟台的海里游泳。他先是以蛙泳的姿势往深海处游了近六百米，又以仰泳往回游了差不多五六百米。就在他以为快游到岸边时，一回头，赫然发现自己游偏了，看上去离岸至少还有四五百米呢。而他所处的地方,水底满是尖利可怕的贝壳片,身体只要碰上,就会像碰到刀刃上一样,被割得鲜血直流。偏偏这个时候天空乌云翻滚,下起了大雨,刮起了大风,风雨之中,浊浪滔滔,王蒙头皮一阵阵发麻,浑身一阵痉挛。幸好他控制住了内心的恐惧,以娴熟的技术和顽强的意志,安全地游回了岸边。

虽然游泳有风险,但王蒙从未被吓退,即便年过八十五岁,他仍然给自己定了运动目标:每周游两次泳,每天步行七千步,而且最好是在海里游泳。八十几岁的王蒙,仍然渴望在大海里,在海草与小鱼的包围之中,乘风破浪,弄潮前行。如他所言"仰望蓝天晴日,近观波浪翻腾,承接清风骤雨,倾听潮头拍岸",在他,是人生至乐。他"爱在海里游泳,是大海惊涛骇浪里的一条小鱼"。

从王蒙对游泳的痴迷上,从他十四岁投身革命的选择上,就能看出,他既热爱和风细雨的美好日子,也不畏惧风高浪急的战斗生活。无论是晴天丽日,还是乌云蔽日,王蒙都能成为生活的强者。

创作根植于爱

进入二十世纪九十年代,王蒙不再担任文化部部长,但作为一位文学大家,他的忙碌程度没有丝毫减轻。

这一时期,各种荣誉、奖项纷至沓来,他在一九九四年三月举行的全国政协八届二次会议上当选为全国政协常委,一九九五年九月担任中国小说学会会长……履历表随着王蒙年龄的增长不断增加内容,几乎每一年都会增加一项或者几项金光闪闪的头衔。各种会议的邀请函更是从世界各国雪片一样飞来,声誉日隆的王蒙,在妻子崔瑞芳的陪同下,常常走出国门,踏上世界文化、文学交流之旅。

无论声名如何显赫,王蒙总是把写作放在第一位。鲁迅先生说:"创作总根于爱。"王蒙因为对这个世界的爱而笔耕不辍。这一时期,他的创作非但没有因为事务缠身而减产,反而如长江黄河,滔滔不绝,汪洋恣肆;而且他这一时期的作品无论是在深度、广度还是厚度上,都朝向更为阔大的境界进阶。这样的成就,与王蒙不断精进学识、拓展思想深度密不可分。

王蒙很早就关注到作家的文化修养问题。一九八二年,他在《读书》杂志上发表了一篇题为《一个值得探讨的问题——谈我国作家的非学者化》的文章,在文坛引起热烈反响,直到今天,关于"作家学者化"的思考依旧没有停止。在这篇文章中,他指出:"在今天的社会,作家应该是知识分子,应该是高级知识分子,应该有学问,应该同时努力争取作一个学者。""一群满足于自己的学问不多、知识不多的状况的作家,充其量不过能小打小闹一番而已。能够完成伟大的史诗的作家,能够不同时是思想家、史家、美学家、社会学家和诗家吗?一个企图攀登文学创作的高峰的人,一个企望通过自己的作品而对本民族的文化以及人类文化做出哪怕是些微贡献的人,能够不去努力学习、吸收、掌握民族的与全世界的文化精华吗?一个企望在语言艺术上有所创造,有所发明,有所发现,有所前进的人,能够对古文、外文一无所知吗?"他的这些掷地有声的叩问,今天听来,仍然让人感到振聋发聩。

王蒙是这么倡导的,他自己也是一直朝着这个方向努力的。二十世纪九十年代,他的文学创作和文化研究齐头并进,就像金线和银线交织在一起,共同织就了他的锦绣华章。事实上,王蒙一个特别宝贵的品格,就是知行合一。

在国学研究方面,一九九〇年,王蒙发表了一系列关于《红楼梦》、李商隐的文章,后来还陆续出版了《老子的帮助》《庄子的快活》《庄子的享受》《天下归仁:王蒙说〈论语〉》等书。为了引领青少年爱上中国传统文化,王蒙推出了"写给年轻人的中国智慧"系列,这套书包括了《精进:极简论语》《原则:极简孟子》《个性:极简庄子》《得到:极简老子》四本作品,在对国学经典的解读中,也叠加了进入耄耋之年的王蒙在岁月的演进中不断累积的人生智慧。

与此同时,他还陆续出版了长篇小说"季节系列"(《恋爱的季节》《失态的季节》《踌躇的季节》《狂欢的季节》)、长篇小说《青狐》、自传三部曲(《半生多事》《大块文章》《九命七羊》)……

小读者们,你们是否会有这样的疑问——王蒙平时这么忙,哪里来的时间写这么多作品,做这么多研究呢?对这个问题,王蒙在八十七岁时是这么说的:"兴趣广泛,关注广泛,一写小说,我的每个细胞都在跳跃,每根神经都在抖擞。安排好自己的生活,每天写作五小时,走步九十分钟,唱歌四十五分钟。"

王蒙的坚强意志让人钦佩,更让我们明白了热爱的力量。谈到自己何以有这样永不衰竭的创作激情与活力,王蒙说他一直写下去的动力源自"爱生活,爱家国,爱世界,爱文学,爱语言,爱每一根草、每一朵花、每一只小鸟,爱你我他,当然,更有她。保持热乎乎的生活态度。永远抱着希望,活得更好,写得更好"。孔子说的"知之者不如好之者，好之者不如乐之者"，说的就是这个道理吧。

学会管理时间，也是必不可少的。二〇〇三年王蒙出版了一部名为《王蒙自述：我的人生哲学》的随笔集，在谈到自己处理人际关系的基本原则时，他强调了这么一条："可以用足气力去学习、去工作、去写作、去装修房屋，乃至去旅游、去赛球、去玩儿，但是用在人际关系上，用在回应摩擦上，用在对付攻击上，最多只发三分力，最多发力30秒钟，然后立即回到专心致志地求学与做事状态，再多花一点儿时间和气力，都是绝对地浪费精力、浪费时间、浪费生命。"古今中外关于珍惜时间的名言警句，可谓俯拾皆是，但是学会珍惜时间也是需要方法的，王蒙以他几十年的创作实践和阅读国学经典获得的智慧，总结出来很多"独门秘籍"。

时间应该用在自己热爱的事情上，而不是用来浪费。尤其是在这个信息化时代，人们的专注力常常被各种各样的信息切割，玩手机、打游戏等各种好玩的事情都在分散我们宝贵的注意力，时间在不知不觉中就溜走了。"聚精会神"和"专心致志"

已经变成两种稀缺的能力，王蒙先生在管理时间、忠于所爱上的心得体会，想来依旧能够给当下的人们带来宝贵的启发吧。

永远探索,永远年轻

我们中国人有一句古话,叫"活到老,学到老",这句话在王蒙身上可以说体现得淋漓尽致。

王蒙的足迹遍及世界各地,他曾访问过六十多个国家和地区,出席过众多国际会议,还接受过多国媒体的采访。在这个过程中,他很早就意识到了学习外语的重要性。

一九八〇年秋天,王蒙受邀去美国参加爱荷华大学"国际写作计划"。在旧金山转机的时候,因为不懂英语,他不知道在哪个登机口上飞机。他着急地向机场的工作人员询问,但对方不懂汉语,听不懂他在说什么。就是从那个时候开始,王蒙就像当初决心学维吾尔语一样,立刻开始学习英语。他给自己制订了一个学习计划：每天背三十个单词，一有空闲就练习英语会话，读英文原版小说。王蒙学习外语时还有一大特点，那就是他敢说敢用，说错了也不会感到难为情。王蒙曾经自嘲，自己学了十个单词，就敢当十二个单词用。就这样孜孜不倦地学习了三年，有一天，他突然发现，自己说英语已经非常流利了。

二〇一〇年中美作家论坛在哈佛大学召开，王蒙作为团长率领中国作家代表团参加。当王蒙开始演讲的时候，台下的听众，尤其是中国作家代表团的作家们都有点吃惊，因为王蒙全程用英文演讲。在演讲中，他分享了个人的人生经历，向美国听众介绍了中国文学发展现状，全程流畅自如，谈笑风生，时不时因为诙谐幽默的话语引得现场笑声、掌声一片。二〇一二年伦敦书展上，主办方安排了王蒙和英国女作家玛格丽特·德拉伯尔座谈，本来已经安排了翻译，王蒙主动要求自己直接用英语和玛格丽特·德拉伯尔交流。

除了英语，王蒙还自学过德语、俄语、法语、日语、波斯语。早在一九九九年，他在率领代表团访问日本时,在中日文化交流协会的欢迎会上,他就用日语发表了演说;二〇〇〇年十二月,他访问伊朗德黑兰的时候,则用波斯语演讲了一刻钟。记者问他为什么学习外语的热情这么高涨,王蒙的答案是:"(因为)我愿意接近每一个人。"

王蒙"活到老,学到老"的精气神不只是体现在学外语上,他对很多新鲜事物都怀有好奇心,一直保持着年轻的心态。

就拿王蒙学电脑这事来说吧,这里面也发生了很多有趣的故事。二十世纪八十年代末,家用电脑还是很稀少的,不过作家们往往是在思想上引潮流之先的人,所以面对新生事物,他们会忍不住跃跃欲试。那时候北京的几位作家(张洁、谌容、李国文等)和王蒙很熟悉,他们开始尝试用电脑写作——张洁用汉语拼音输入法,谌容用五笔字型输入法,她俩试用了一个阶段觉得用电脑写作速度更快,都来动员王蒙添置一台电脑。

王蒙平时手写速度很快,所以一开始他有点犹豫,不知道用电脑写作会不会打断思路,而且用惯了笔和纸,那种笔尖和纸张接触时留下的唰唰声,有一种电脑打字没有的独特情调。张洁的一句话打消了王蒙的疑虑,让他产生了试一试的念头。张洁说:"写作最困难的是进入状态,有了电脑,写作如同玩电子游戏,它吸引你,使你乐于写作。"

一九九一年秋天,王蒙也购置了一台二八六电脑。王蒙的汉语拼音很好,他一上来用的是双拼输入法,边写边学,很快就上手了。不久,谌容不厌其烦地向王蒙和崔瑞芳宣传五笔字型输入法的优越性,认为五笔字型输入法不用像拼音输入法那样还需要选字,一旦掌握了输入规律,速度比其他输入法快很多。崔瑞芳听后动心了,她悄悄通过一位朋友的孩子,买来一份王码五笔字型输入法的学习材料,一边自学背口诀,一边寻找输入规律。当时王蒙使用汉语拼音输入法已经一年多了,崔瑞芳劝他不妨也试试五笔字型输入法。

不过,当崔瑞芳把五笔字型输入法的材料交给王蒙时,他看了一眼就把材料还给崔瑞芳,说:"这都是些什么呀,太乱了,太复杂了,我不用它。"

"你用吧,好学极了,你一定可以学会的。"

崔瑞芳鼓励地说。崔瑞芳知道，凭王蒙的头脑这点事算不了什么，他肯定很快就会掌握的。于是，她趁热打铁，提纲挈领地跟他说了规律和记忆方法。果然，王蒙的兴趣上来了，他的特点就是，如果决心学什么，那就一定会特别投入，直到学会为止，从来不会半途而废。

最初的几天，王蒙每天晚上睡觉之前就和崔瑞芳一起背口诀，他们还把各种简码背诵下来。王蒙在学习使用五笔字型输入法的同时，用电脑写他的文章，就像以前一样，他一直都是边用边学，边学边用。崔瑞芳说："你还没学会，打起字来多慢啊，会不会影响思路？还是等练习熟练了再说吧。"但王蒙坚持自己的方法。果然，在改输入法之后的第二天，他的短文便"敲"出来了；又过了大约三四天，他就初步掌握了输入规律；两个星期之后，他用起五笔字型输入法时，已经相当熟练了。

从这以后，王蒙就变成了五笔字型输入法的热心宣传者，见到其他作家就宣讲五笔字型输入法的好处，就劝他们赶紧学习，还把自己使用过的学习材料送到他们家里，好像成了五笔字型输入法的推销员。

有很多朋友问他:"你用电脑写作一定比手写快吧?"王蒙总是回答:"写作速度差不多,但是,用电脑来做修改、校对、编排、储存、检索、复制等工作要方便得多。"他还开玩笑说,"自己的东西乱放,常常是写好的作品不知道放哪儿去了,或者邮寄过程中丢失了,这回可不怕丢了,因为电脑有储存功能。尤其是写了长篇,也不必打印,给对方电子稿即可,这样减少了很多手续,各方都方便。"

现在,不仅是电脑,王蒙用起智能手机来也是得心应手,常常在微信上和孙子、孙女等年轻一辈聊天,毫无障碍地使用各种应用程序。

《这边风景》

二〇一五年,王蒙八十一岁了,这一年,他获得了第九届茅盾文学奖①,获奖作品是《这边风景》。这项大奖每四年才评审一次,每次只有五部作品获奖,其含金量和影响力可见一斑。

我们在前面提到过,《这边风景》的初稿完成于一九七四年。一九七八年,王蒙应中国青年出版社的邀请去北戴河改稿,他在《这边风景》初稿的

---

① 茅盾文学奖,为鼓励长篇小说创作、推动中国社会主义文学的繁荣而设立的奖项,以茅盾生前捐款为基金。一九八一年四月二十日中国作家协会主席团扩大会议决定成立茅盾文学奖金委员会,巴金任主任委员。评选活动原定为三年进行一次,后改为四年一次。首届评选于一九八二年进行,至二〇二三年已举办过十一届。

基础上进行了修改，用了三个多月的时间完成了定稿。但是，这部小说在当时没能出版，文稿只能再次束之高阁，被王蒙放在家里一个很少被打开的储物顶柜里。这一尘封就是三十四年，直到二〇一三年，《这边风景》才得以出版。

二〇一二年三月二十一日，王蒙的家人在收拾旧物时，意外地发现了多年不见的《这边风景》手稿。两天后，妻子崔瑞芳因病在北京辞世。百感交集的王蒙抚摸着失而复得的旧稿，往事历历如在眼前，想起当年的艰难时刻，爱妻崔瑞芳总是鼓励和支持他写作。如果没有她在一旁不停地为自己打气，王蒙也许没有勇气完成这部沉甸甸的作品。

家人们迫不及待地阅读了父亲的手稿，稿纸虽然在岁月里变旧，文字却没有在时光里老去，那些鲜活幽默的语言、栩栩如生的人物、曲折动人的故事，战胜了时间的考验，显现了顽强的艺术生命力。他们都劝父亲将旧稿修改一下，拿去出版。这一年四月，王蒙在家人的鼓励下，也为了慰藉难以承受的丧妻之痛，开始投入对《这边风景》稿件的修订工作。

《这边风景》以新疆农村生活为背景,通过层层剥开的悬念和新疆独特的风土人情,为读者展示了当代新疆生活的全景式画卷,是一部关于新疆生活的百科全书式的作品。同时,字里行间流淌的汉族和维吾尔族等多民族之间的相互理解与关爱,呈现出中华民族一家亲的血脉深情。虽然稿子写于特定年代,难免带有那个年代的痕迹,但王蒙依旧决定保持原貌,只在每一章的正文之后新加入一段"小说人语"。在"小说人语"里,他以当下视角通过寥寥数语回望往事,给小说带来了推陈出新的意外效果。

二〇一三年四月,《这边风景》由花城出版社出版发行;二〇一四年五月,《这边风景》的维吾尔文版由新疆人民出版社出版发行。这部作品面世之后,不仅得到专家学者们的重视,也受到读者,特别是年青一代读者的好评。除了获得茅盾文学奖,《这边风景》二〇一四年还获得了中宣部精神文明建设"五个一工程"奖。

关于《这边风景》的艺术价值,也许茅盾文学奖颁奖词说得最全面也最中肯:

在王蒙与新疆之间，连接着绵长繁茂的根系。这片辽阔大地上色彩丰盛的生活，是王蒙独特的语调和态度的重要源头。《这边风景》最初完稿于近四十年前，具有特定时代的印痕和局限，这是历史真实的年轮和节疤，但穿越岁月而依然常绿的，"是生活，是人，是爱与信任，是细节，是倾吐，是世界，是鲜活的生命"。在中国当代文学中，很少有作家如此贴心、如此满怀热情、如此饱满生动地展现多民族共同生活的图景，从正直的品格、美好的爱情、诚实的劳动，到壮丽的风景、绚烂的风俗和器物，到回响着各民族丰富表情和音调的语言，这一切是对生活和梦想的热诚礼赞，有力地表达了把中国各民族人民从根本上团结在一起的力量和信念。

当盛誉接踵而来时，王蒙特别强调了"真诚"对于写作的重要性、对于作家的意义："《这边风景》记录了我三十九岁到四十七岁之间的人生，就像一条鱼的中段，那个时候的我是多么有理想，多么真诚……虽然今天看来是一部'过时的作品'，但小说更多的是记录了那个时期维吾尔族人的生活风貌,而且从头到尾都是掏心窝子的认真,真情实感,这是我今天再也无法抵达的写作状态了。"

也许《这边风景》对于王蒙的意义,超越了这部作品本身,因而他的作品序言写得格外语重心长,格外厚重深沉:

我找到了,我发现了:那个过往的岁月,过往的王蒙,过往的乡村和朋友。黑洞当中亮起了一盏光影错落的奇灯。

虽然不无从众的嘶喊,本质上仍然是那亲切得令人落泪的生活,是三十岁、三十五岁、四十岁那黄金的年华,是琐细得切肤的百姓的日子,是美丽得令人痴迷的土地,是活泼的热腾腾的男女,是被雨雨风风拨动了的琴弦,还有虽九死而未悔的当年好梦。

也曾有过狂暴与粗糙,愚傻与荒唐……你仍然能发现作者以怎样的善良和纯真来引领与涂抹那或有的敌意,以怎样的阳光与花朵来装点那或有的缺失。那至少是心灵感受与记载的真实,是艺术与文学的映照与渴求，是戴着镣铐的天籁激情之舞。

抬望眼，仰天长啸……四（三）十功名尘与土，八千里路云和月。莫等闲白了少年头，空悲切！

——一九七四年开始写作本书

慨当以慷，忧思难忘。何以解忧，唯有文章（杜康）。

——一九七八年写罢文稿

往事正（不）堪回首月明中。

——二〇一二年重读并校订之

狼狈中，仍然有不减的挚爱，有熊熊的烈火。

我们相信过也相信着。我们想念我们的相信。只不过是真实，只不过是人生，只不过是爱情。在想念和相信中我们长进。也有天真与傻气盎然的仍旧的青春，却没有空白……

在年满七十八岁的时候我突然明白：我与你们一样，有过真实的激动人心的青年、壮年，我们的中国有过实在的二十世纪六十年代与七十年代。

王蒙曾经说过，自己有两部作品命运颇不平

常，一部是《青春万岁》，另一部就是《这边风景》。"不知道是什么命运，"他说，"《青春万岁》是写了四分之一个世纪以后才全文出版的。而《这边风景》是一九七三年开始写作，过了四十年至二〇一三年才全文出版的。能耐受数十年的消磨，然后至今仍然出现在书店里，出现在青年的阅读选择中，这倒是少见的安慰。"

再往回追溯到一九六三年，当王蒙带着一家人离开北京，果敢地迁往新疆时，他的初衷之一即为了能够在人民群众热气腾腾的生活中撷取到素材，创作出更有分量的作品。半个世纪过去了，荣耀终于在历经波折之后，这样闪亮地回应了王蒙的初心以及他为此付出的全部艰辛。

小读者们，从王蒙的经历中，你们看到时间的力量了吗？"风物长宜放眼量"，不要太在乎人生中一时一地的挫折、失败，即便一时得不到回报，不能立刻被理解、被看到，也请坚持做自己认为有意义、有价值的事情，因为真正的金子终有一天会散发出无法遮蔽的光芒。

人民艺术家

作为与共和国共同成长的文学创作者，王蒙见证了中国当代文学的发展之路，其作品具有代表性和开拓性意义，被译成二十多种文字在各国出版。此外，他发掘培养了一大批优秀青年作家，为中国当代文学繁荣发展做出了突出贡献。

二〇一九年是中华人民共和国成立七十周年，在这一年，党中央首次开展国家勋章和国家荣誉称号的评选颁授，隆重表彰一批为新中国的建设和发展做出杰出贡献的功勋模范人物。有四十二个人获得了这一殊荣，王蒙的名字就闪耀其中，他和秦怡、郭兰英两位艺术家一起获得了"人民艺术家"国家荣誉称号。

九月二十九日，中华人民共和国国家勋章和国家荣誉称号颁授仪式在人民大会堂隆重举行。在雄壮豪迈的《向祖国致敬》乐曲声中，在排山倒海般的热烈的掌声中，习近平总书记亲自为王蒙戴上了奖章。在后续的采访中，王蒙心潮澎湃，向记者表达了自己激动的心情："国家给的'人民艺术家'称号是一个非常美好、崇高的荣誉。新中国成立七十周年对我来说是一件激动人心的事情。我经历了从抗战时期到今天这八十五年的历程，知道新中国是近百年来仁人志士奋斗的成果。这次即便功勋荣誉称号名单中没有我，我也为祖国成立七十周年而欢呼。"

面对至高无上的荣誉，王蒙没有选择躺在功劳簿上，让我们来看看他二〇一九年的劳动量：一月，《人民文学》发表了他的中篇小说《生死恋》；同时，《上海文学》发表了他的短篇小说《地中海幻想曲》；三月，《北京文学》发表了他的中篇小说《邮事》；七月和八月，他在北戴河的创作之家完成了一部八万字的中篇小说……这就是一个八十五岁老人的工作节奏，所以他笑称自己八十五岁了依旧

人民艺术家

是一个一线劳动力，而这是令他最高兴的一件事。

事实上，在王蒙看来，对人民的感情，是作家写作的最大动力。他就是用笔耕不辍来回报人民、回报时代、回报祖国的。无论顺利也罢，坎坷也好，王蒙从来没有放下手中的笔。二〇二〇年一月，人民文学出版社出版的《王蒙文集》多达五十卷，近两千万字，收入了王蒙从一九四八年至二〇一八年的主要作品。这里面既有长篇小说、中短篇小说、散文随笔，也有诗歌，而诗歌又包括新体诗、旧体诗、散文诗以及论李商隐诗和谈论古典诗词的文章。当然，文集中还包括王蒙写下的大量理论评论文章，他关于《红楼梦》的研读系列，他关于孔子、孟子、老子、庄子的研读系列，他的自传、回忆录系列……皇皇巨著，包罗万象，呈现了海洋般的汪洋恣肆，显示了王蒙作为一名学者型作家、一名曾任高级领导的作家、一名与人民同呼吸共命运的作家，在文学上、思想上抵达的高度、深度与宽度。

对于王蒙来说，生命之树常青，创作是没有终点的。在接受年轻作家的采访时，王蒙曾经被问到是否会因为年龄大了而出现文思枯竭、提笔忘字的情况,当时,王蒙像个狡黠的孩子笑着说:"这个问题不好回答啊,直接说没有,有点像'卖萌',说有了,我一个老糊涂就不应该接受你们采访了。所以呢,现在我暂时没有提笔忘字,估计明年就有了。"后来他还为此专门写了一篇文章《明年我将衰老》,这个题目里面暗含了一些"诡计"——就是说今年他还没有变老,今年他还是一线劳动力,说到"衰老",那永远是明年的事。

王蒙的青春永驻,不仅仅体现在他自身创造力的旺盛与持久上,还体现在他对年轻作家一以贯之的关怀与扶持上。王蒙从来都是不遗余力地为年轻作家鼓与呼,让文学的根脉永远有新鲜血液浇灌,永远保持枝繁叶茂的年轻状态;他从来不害怕会被"后浪"拍在沙滩上,这当然离不开对自身创作能力的自信,更离不开一个长者提携后进者的崇高风范。据统计,仅二十世纪八九十年代,王蒙评介过的文学新人就有数十人,而这些当时的文学新锐后来很多都成长为中国文坛的中坚力量。

一九八五年第三期的《人民文学》发表了刘索

拉的《你别无选择》，当时，王蒙正担任《人民文学》主编，面对这篇风格迥异，充满了探索气质的小说，王蒙不但拍板刊发，还亲自撰写了"编者的话"："本期编者斗胆把年轻的女作者刘索拉的第一部中篇小说《你别无选择》放在排头。闹剧的形式是不是太怪了呢？闹剧中有狂热，狂热中有激情，激情中有真正的庄严，有当代青年的奋斗、追求、苦恼、成功和失败。也许这篇作品能引起读者——特别是青年读者的一点儿兴趣和评议？争论更好。但愿它是一枚能激起些许水花的石子。"《你别无选择》发表后，引发了巨大轰动，文坛刮起了"刘索拉旋风"，王蒙撰文盛赞这篇小说："内容与形式都具有一种不满足的、勇敢的探求的深长意味。"这部小说后来被认为是新时期中国"先锋派"小说的首批作品，刘索拉仅因这一部小说就从一个初涉写作者一举名闻天下。由此，也可以看出王蒙的眼光、胆识与魄力。

时至今日，王蒙仍然喜欢与青年作家交流对话。这本书的"写给小读者的话"是以二〇二三年三月王蒙在鲁迅文学院给青年作家们开讲的"春天一堂课"开始的,那么,就让这本书的结尾以二〇二三年五月王蒙在湖南益阳为青年作家们讲授的"清溪一课"作为结束吧。

五月二十二日,中国作家协会作家活动周、中国作家益阳文学周在益阳市清溪村开幕——这里是著名作家周立波的故乡。作为特邀嘉宾的王蒙收到了一份具有特殊意义的礼物——"入会纪念牌",纪念王蒙成为中国作家协会会员第15946天。

年近九旬的王蒙长途跋涉到达清溪村,带着中国作家协会的祝福,与四面八方奔涌而至的文学爱好者敞开心扉,进行了热烈、坦诚的交流。他授课的主题是:做人民的学生,在生活中深造。他说:"在我的有生之年,能写一天我就写一天,能写一个小时我就写一个小时。我愿意对文学、对写作、对小说创作,做我力所能及的一切。"话音落处,室外大地辽阔,山峦青翠,晚霞壮美。

"90后"王蒙,正在书写着属于二十一世纪的"青春万岁"。